निष्कवच

(उपन्यास)

निष्कवच

राजी सेठ

वाणी प्रकाशन ग्रुप

भारतीय ज्ञानपीठ

वाणी प्रकाशन : भारतीय ज्ञानपीठ की पुस्तकों के एकमात्र प्रकाशक एवं वितरक

लोकोदय ग्रन्थमाला : ग्रन्थांक 581

सजिल्द चौथा संस्करण : 2021
सजिल्द पाँचवाँ संस्करण : 2026

वाणी प्रकाशन : भारतीय ज्ञानपीठ की पुस्तकों के एकमात्र प्रकाशक एवं वितरक

वाणी प्रकाशन
4695, 21-ए, दरियागंज, नयी दिल्ली-110 002
दूरभाष : 011-23273167, 23275710
ईमेल : sales@vaniprakashan.in
www.vaniprakashan.com

ISBN : 978-93-7348-626-0

मूल्य : ₹ 295

निष्कवच

(उपन्यास)

राजी सेठ

NISHKAVACH
(Hindi Novel)
by Raji Seth

मुद्रक : आर. टेक ऑफ़सेट प्रिंटर्स, दिल्ली-110 032

राहुल को

सुनती नहीं हो
कितना बोल रहीं
ये भित्तियाँ !

वृत्तान्त : एक

मेरे लिए सब कुछ वहीं का वहीं खड़ा है।

इस टेबल से लगी खिड़की के पार का दृश्य वैसे का वैसा है। दीठ के विस्तार को बीच में कहीं से टोक देती शिवमन्दिर की गुम्बद और धूप के क्रोध से अवर्ण हो गयी उस पर फहराती पताका। मन्दिर की आड़ में वही बँगले। उन पर कुछ और आवेश में झूलती लतरें और बीच में काले अजगर-सी लेटी लम्बी सड़क। आगे चलकर दायें को एकदम नदी का रेतीला पाट आ जाता है इसलिए मैदान की मिट्टी भी चमकती चिलचिलाती रहती है।

सब कुछ वही है। वैसे का वैसा। किसी चौखटे में बँधे चित्र की तरह। एक मैं ही यहाँ नहीं था। कॉलेज हॉस्टल के गलियारों से चलता-चलता प्रतियोगिता परीक्षाओं की तैयारी के लिए इन सबके बीच आन बैठा हूँ।

फिर उसी तरह बैठा हूँ। पहली मंजिल पर उसी खिड़की से लगकर। उसी टेबल पर। उसी लैम्प के प्रकाशवृत्त के नीचे। लगता है काठ की कुरसी पर सीधा बैठा ऊँघता-जागता, पढ़ता-लिखता मैं वहीं चिपका रह गया हूँ।

पर वह ? उसके लिए जीवन कैसे दौड़ता-फलाँगता तीन-तीन मंजिलें पार करता गया है। मेरे देखते-ही-देखते वह बच्ची से माँ बन गयी है और एक उगते हुए जीवन का संचालन उसके हाथ में आ गया है।

उसे कैसा लग रहा होगा ? कल्पना करता हूँ। नहीं फलती। मातृत्व के साथ जैसे बड़प्पन की गन्ध है वह, उसकी छवि के साथ नहीं चिपकती। इस सारे होने में क्या उसकी भी इच्छा शामिल होगी या यों ही बस।···शायद उसका बस चला होता तो वह अपने को इस दायित्व के हवाले कभी न करती।

रमण के संसर्ग में धधकते अपने पूरेपन की आभा को लम्बाये रखती। डेढ़ साल। होता ही कितना है डेढ़ साल ! उसमें से भी नौ महीने···

"एक पत्र तुम भी उसे लिख देना," कहती हुई माँ अलमारी में से अपने कपड़े लेकर बाहर चली गयी हैं और मुझे एक और खूँटे से बाँध गयी हैं।

कागज लेकर बैठता हूँ पर हाथ ही नहीं चलते। क्या लिखना ठीक होगा। यह कि मैं खुश हो रहा हूँ या मुझे बहुत ही अटपटा लग रहा है या कि हम सब, मेरा

मतलब है, माँ-पापा बहुत ही खुश हैं। नहीं, नहीं, यह कहना ज्यादा ठीक होगा कि अब तो तुम सच में बड़ी हो गयी हो। तुम्हें बधाई देता हूँ। मन से।

शब्द खोखले लगते हैं। बजते हुए ! उछाह और प्रवाह के बिना। यहाँ से कुछ चलेगा ही नहीं तो पहुँचेगा कैसे ! यह व्यायाम व्यर्थ होगा। उसे आशा ही कहाँ होगी कि मेरा पत्र आएगा ! वह देना-पाना हमारे बीच बना ही कब था ! उस पारस्परिकता ने जन्म ही कहाँ लिया जबकि उस काल में वही सबसे स्वाभाविक बात रही होती। कहने को हम दोनों एक ही कमरे में सोते थे, एक ही दरवाजे से घुसते-निकलते थे। एक ही दिनचर्या के अधीन रखे जाते थे। पर···

एक तटस्थ-सा भाव उसके लिए मेरे मन में क्यों रहा, इसे मैं आज तक पूरी तरह समझ नहीं पाया। मौसी यानी माँ की चचेरी बहन की लड़की की तरह उसने अचानक इस घर में प्रवेश पाया था। मैं तब सातवें या शायद आठवें में था।

अपने उस एकान्त में एक साथी के पा जाने की मुझे कोई खास खुशी नहीं हुई थी। न स्वीकार। न नकार। शायद तब तक मेरे आसपास सब-कुछ तय हो चुका था। मेरे खेल और मेरी रुचियाँ अपनी परिधि टटोलकर अपने मनचीते केन्द्रों में स्थित हो चुकी थीं। रुचियों का पुल उसके मेरे बीच नहीं बन पाया था।

उसकी खाट मेरे कमरे में बिछा दी गयी थी। वह मेरे साथ स्कूल जाने लग गयी थी। मेरे साथ खाना खाने लग गयी थी। पता नहीं कहाँ से पा गये उत्साह से माँ मुझे उधर ठेलने लग गयी थी। मेरे लिए उस साहचर्य की जरूरत और सघनता को माँ ने स्वयं तय कर लिया था। उतनी ही ललक और उत्साह से मैं प्रस्तुत न हो पाऊँ तो माँ कुपित होने लग गयी थी। वह क्यों मेरे साथ बैडमिण्टन खेलने नहीं जा सकती। उसे तैरने ले जाने में मुझे क्या तकलीफ है जबकि पापा ने क्लब के कार्ड में उसका नाम बढ़वा लिया है···मैं क्यों उसकी रुचियों और रुझानों के विकास पर कोई ध्यान नहीं देता। जबकि मैं उससे बड़ा हूँ···।

याद करूँ तो मेरे आसपास जो संसार था, उसमें इस अचानक के प्रवेश का कोई स्थान नहीं था। कुछ भी मेरे मन में साफ नहीं था। न उस पर अपने अधिकार के बारे में, न उसके प्रति अपने कर्तव्य को लेकर। माँ मुझे टोकतीं। ताड़ना देतीं। वंचित करतीं। अपना पुत्र होने की अतिरिक्तता को मुझसे छीन-झपट कर उसके हवाले कर देना चाहतीं। याद नहीं पड़ता—माँ ने उसे कभी खास डाँटा-फटकारा हो। मुझे तो ठीक से यह भी अनुमान नहीं था कि माँ की डाँट-फटकार के प्रति उसकी सहिष्णुता

थी कितनी !

आज सोचता हूँ, माँ क्यों करती थीं ऐसा। बड़ी-छोटी उँगली को खींच-खाँच कर बराबर कर देना चाहती थीं। ऐसा होता है क्या ? हो सकता है क्या ? वह भी एकाएक बीच में। बिना किसी स्पष्ट कारण या तैयारी के।

आत्मगरिमा को पाने का, या अपनी ही न्यायप्रियता पर रीझने का माँ के पास शायद यही एक ढंग होगा। लगता होगा कैसे हँसते-हँसते वह किसी पराये को श्रेय दे देती हैं। अपने पर कठोर हो लेती हैं। ऐसा कितने लोग कर पाते हैं, करने की चेष्टा में फूहड़ हो जाते हैं, क्योंकि नैसर्गिक सम्बन्ध तो चुप रह सकता है, शिराओं में बजता है। ओढ़े हुए सम्बन्धों को जताना-प्रकटाना पड़ता है।

इन सब बातों ने भी उसके प्रति मेरी तटस्थता को धारदार ही बनाया होगा। माँ के दिये ममत्व को वह प्रकट प्रीति से भोगती थी। किशोरी से बच्ची बनने की कृत्रिमता को ओढ़ती थी। इतराती थी और ध्यान खींचते-खींचते केन्द्र में सरकती चली आती थी जबकि मुझे 'अपनी उम्र से बड़ा' कहकर अपने पैरों के नीचे की जमीन से बेदखल कर दिया जाता। ऐसा करते समय भी असल में वे ऐसे परिपक्व बच्चे के जन्मदाता होने के उपलक्ष्य में अपना ही अभिषेक कर रहे होते। मैं एक उदाहरण ! मैं एक अनूठा ! "भई, बड़ा ही धीरज है इस लड़के में···न कोई अनुचित हठ ···न शरारत !" अब लगता है, कभी हठ या शरारत की होती तो उन्हें आघात ही लगता।

इन बातों का कुछ खास बोझ पड़ता रहा हो, याद नहीं पड़ता। मुझे भी शायद यही अनुकूल पड़ता रहा होगा। दोस्तों के लम्बे झुण्ड मुझे उबाते हैं। यह ऊब निश्चय ही दोस्तों को भी मुझसे होती होगी, नहीं तो 'चूज़ी' कह-कहकर हर समय वे मेरा बहिष्कार करने की ताक में न रहते। इलाहाबाद में भास्कर और दिल्ली में बासू के सिवा अभी तक मेरा कोई अन्तरंग दोस्त नहीं है। अकेलापन मुझे उबाता नहीं, बल्कि बहुत दिनों तक उपलब्ध न हो तो क्षुब्ध करता है।

उसके आने के बाद भी मुझे अकेला ही कहा जाए तो ठीक ही होगा। इस स्थिति का कष्ट न उसके आने के पहले था, न बाद में। कष्ट कुछ था तो माँ के हाथ में पकड़ी लोहे की मापक छड़ का, जो हर चीज को एक ही सीध में मापना चाहती थी।

अब वह इस घर में नहीं रहती। अपना कहे जानेवाले घर में रहती है।

एम. ए. और उसके बाद एल-एल. बी. करके जब मैं घर लौटा था तो वह मुझे एकाएक बड़ी जैसी लगी थी। गठन, उठान, उग्रता। माँ ने कहा था लड़कियाँ जल्दी सयानी हो जाती हैं—ब्याहने योग्य। उत्सुकता में मैंने उससे एक दिन पूछा था—"तुझे ठीक लगता है क्या, इतनी जल्दी शादी-वादी का किस्सा ?" चूँकि मेरे लिए यह बात अकल्पनीय थी। कोई भी हम-उम्र संगी-साथी, परिचित इस तैराकी के लिए तैयार नहीं था। प्राथमिक थी दिशा की तलाश। कैसे कोई बिना सोचे ऐसे सागर में कूद जाए, जहाँ से कभी वापसी भी सम्भव नहीं।

मेरे प्रश्न से वह टँग-सी गयी—"कभी तो लगता है फालतू में बँध जाएँगे ! फिर लगता है बड़ा अच्छा लगेगा। कोई बिलकुल अपना तो होगा।"

मैं जैसे सन्नाटे में। वह हम लोगों को गाली दे रही थी। विशेष तो माँ को, जो उसको माँ देने के उत्साह में अपनी देह के रोएँ भी फूँक दे रही थी। मेरी प्रतिक्रिया पर उसका ध्यान नहीं था। वह अपनी रौ में थी।

"कितना अजीब होता है न इतनी बड़ी दुनिया में कुछ भी अपना न होना···कितना हताश करता है···" उदासी का एक चिथड़ा उसके उजले गालों को फटकारता निकल गया। मेरे सामने बैठी इस समय वह मुझे ऐसी लगी थी जैसी कभी लगती नहीं थी—अन्तरंग, आर्द्र, उदास।

"क्यों, मौसी तो हैं न, वह···"

"ऊँह !" उसने मुझे अधबीच टोक दिया था, "तुम मेरी मम्मी की बात कर रहे हो न ? मैं कुछ भी नहीं हूँ उनके लिए। जब जहाँ चाहा, ठेल दिया। मेरी पढ़ाई-लिखाई की बात को प्रमुख बनाकर ···"

"तुम गलत कहती हो ! सुना तो यह है कि तुम्हारे कारण उन्होंने अपना दुःख-सुख नहीं देखा। जबकि चाहतीं तो फिर से अपना घर बसा सकती थीं।"

"उसमें अभी क्या कमी है। स्कूल की वह छोटी-छोटी छोकरियाँ उन्हें ज्यादा प्यारी लगती हैं, क्योंकि हर समय आसपास मँडराती रहती हैं। यह मुझसे नहीं होता। तुम्हें नहीं पता बड़ी काइयाँ हैं ये लड़कियाँ। खूब फुलाना-फुसलाना जानती हैं। दे नो हाउ टु फीड हर ईगो। टु गेट द बेस्ट आउट ऑफ हर।··और मम्मी भी उनकी बातों में आ जाती हैं। तुम्हें एक बात बताऊँ···"

वह पलँग के परले सिरे से सरककर मेरे निकट आ गयी थी, जैसे कोई बड़े भेद की बात कहने जा रही हो—"सच तो यह है कि वह मुझे कभी अपनी माँ ही नहीं लगतीं। कुछ कहते रहो, कभी नहीं समझतीं ! बस, हर समय पट्टी-स्लेट लेकर बैठे

रहो। छोकरियों से बतियाते रहो। मन से उनसे मेरी एक मिनट को नहीं बनती। काश ! मेरी भी तुम्हारे-जैसी माँ होती···''

''हैं तो सही। वह तुम्हारी भी तो माँ हैं।''—मैं द्रवित हो गया था।

''नहीं ! वह तुम्हारी माँ हैं, मेरी माँ नहीं। आण्टी तो आण्टी ही होती हैं।'' गड्ड-मड्ड-सा उसका चेहरा एकाएक मुझे पिघला-सा लगा था। मैं अस्थिर हो गया था। अभी तक तो मैं अपनी ही दुखती रगों को जानता था।

क्या विडम्बना थी, उसके कारण मेरी माँ भी छिनती है और मेरी माँ उसे अपनी माँ भी नहीं लगती ···पर उस समय तो मैं उसकी संजीदगी से ही आन्दोलित था।

पता ही नहीं वह कैसे भूली-सी उस कगार पर आन लगी थी। वैसी अपनापे-भरी बात उसने मुझसे पहली बार कही थी—अन्तरंग तरीके से। ज्यादातर वह असहज और प्रतिक्रिया प्रधान मुद्रा में रहती है। रिश्तों के प्रति अनादर से भरी।

मैं सोच में पड़ गया था। क्षणिक ही सही, पर क्या चीज थी जो उसे इस अन्तरंगता के क्षण तक ला सकी थी। इस पुल को न बनने देने में क्या कहीं मैं भी दोषी था ?

ससुराल चली जरूर गयी थी फिर भी जैसे इसी घर में थी। कभी इस कारण तो कभी उस कारण से माँ की चिन्ताओं के घेरे में। जाने किस सजातीय साँकल से बँधी। जिन दिनों मैं एम. ए. के लिए इलाहाबाद चला गया था, उन दिनों उसका रिश्ता माँ से गहरा हुआ होगा। मैं वैसे भी सदा हाशिये पर ही बना रहता था। एक तो मैं उद्घोषित चुप्पा ! फिर एक के बाद दूसरी परीक्षाओं का भार ! कुछ अपनी ही स्थिति और स्वप्न के बीच के तनाव। मैं जैसे घर में होता ही नहीं था।

''अच्छा, तुम बताओ, जाना चाहिए न ? अभी तो उसकी डिलीवरी से निपटकर आयी हूँ !'' माँ ने कमरे में घुसते ही अपनी दुविधा पसार दी।

''पर कहाँ ?''

''अरे, ऑपरेशन हुआ है न उसका। रमण की चिट्ठी आयी है।''

''कैसा ऑपरेशन···किसका ऑपरेशन···?''

माँ को अपनी भूल पता लगती है। बात के सभी छोर अभी तो उसकी मुट्ठी में ही हैं। ''अब तुम्हें क्या बताऊँ, उसकी छाती में···मेरा मतलब है उसके ब्रेस्ट में गिल्टी पड़ गयी थी। मवाद भर गया था। काफी गहरा काटना पड़ा !''

''कैन्सर है क्या ?'' मैं काँप जाता हूँ।

"ऊँह ! कैन्सर कहाँ से !⋯हो जाता है अकसर ऐसा, बच्चे को दूध नहीं पिलाया होगा। अब तू⋯"

माँ संकोच में हैं। इतना भी वह पता नहीं कैसे बोल गयीं। शायद चिन्ता का तार उनके मन में अभी टूटा नहीं है। पापा के आने पर यह बात स्पष्ट हो गयी है।

"यह अब नया चला है," पापा का नाश्ता रखते माँ बोलती जाती हैं। "तुम्हें मालूम है, ऐसा क्यों हुआ⋯बच्चों को दूध पिलाने से इनकी फिगर बिगड़ती है न⋯।"

मेरे कान खड़े हो जाते हैं। "अब जैसे नहीं बिगड़ेगी इस काटपीट से। फैशन के मारे मरी जाती हैं ये लड़कियाँ !"

कुछ-कुछ साफ होने लगता है मन में। कड़ियाँ जुड़ती हैं। वह ऐसी ही मिट्टी की बनी है। उमगायी ललसायी हुई। जीवन को चाँपकर रखने के चाव से भरी हुई। अपनी जरूरतों के प्रति एकदम चटक चौकन्नी। माँ को यह ललक डराती थी। उसकी परिस्थितियों के परिप्रेक्ष्य में की आत्मनिर्भरता को जरूरी समझते हुए भी उसके हाथ पीले कर देना चाहती थी।

पढ़ने जैसे पराक्रम का उसे शौक नहीं था, और मैं था कि एक तरह की पुस्तकों से ऊबने पर दूसरी तरह की पुस्तकों में डूबता था। केवल सन्दर्भ और विषय बदल जाते। थुल-थुल रेत में खड़ी पाठ्यक्रम की नाव मेरे लिए सदा विविध प्रसंगोंवाली नदी में खुलती।

वह अकसर आँगन में तसला रखकर पैर भिगोये बैठी रहती। फिर उन्हें पोंछती। फिर क्रीम लगाती। मुँह रगड़ती। कपड़े सँभालती। बार-बार शीशा देखती। पलँग पर पसरकर छत देखती रहती। मेरी तरह नहीं कि बेचैन होकर एक पुस्तक से दूसरी, दूसरी से तीसरी! तीसरी से डायरी। फिर किताब, फिर कॉपी, फिर 'पजल', फिर स्टीरियो।⋯मक्खी की तरह मुझे इधर से उधर कूदते देख वह मेरी खिल्ली-सी उड़ाती। होठों में बन्द एक तरेर जैसी उसके चेहरे पर छप जाती। पलँग पर पैर लटका कर, अपनी ठुड्ढी के नीचे दोनों हाथ टेककर बैठी वह अपनी आँखों को जिधर-जिधर मैं जाता, उधर घुमाती रहती।⋯ऐसा आमोद से भरा फुर्सती-सा उसका अन्दाज !

अकसर किसी कॉमिक्स या किताब को वह बेध्यान-सा होकर उठाती और पढ़ने लगती। पूरा डूब जाती, पर यह डूबना उसमें और अधिक डूबने का उत्साह पैदा कर दे, ऐसा बन नहीं पाता था। पुस्तक को ऐसे निवृत्त भाव से किनारे रखती जैसे किसी अटपटे काम को कर लेने के बाद आराम जरूरी हो।

क्यों उसमें वह बेचैनी पैदा नहीं होती थी, जो उसके समवयस्कों को हर समय पंजे पर खड़ा रख सकती थी।

वह अपने को खाली और खुला छोड़े रखती, ऐसे जैसे कहीं कुछ होने को है।

कोई अचम्भा-जैसा घट जाने को है। यह व्याख्या भी मुझे आज सूझ रही है। तब तो उसे यूँ पड़े-पड़े छत ताकते या पैर हिलाते देख खीझ चढ़ जाती थी।

"इतनी किताबें लाकर देता हूँ लायब्रेरी से···पढ़ती क्यों नहीं ?"

ऐसे जवाब-तलब का उसने अकम्प उत्तर दिया था—"नहीं पढ़ती। तुम्हें क्या··· नम्बर तो कम नहीं आते !"

"नम्बर तो सबक घोंटकर भी आ जाते हैं, पर उससे ज्यादा क्या कुछ जानना नहीं होता ?"

उसका चेहरा वैसा ही—उद्धत, आत्मतृप्त। भर्त्सना की नोक को मेरी ओर घुमाता हुआ— "अच्छा बस ! तुम्हें किताबें चाटनी हैं तो चाटो। मैं तो···अभी बासू आएगा तो उसके साथ बैठकर शतरंज खेलूँगी।

उफ्फ ! बासू···बासू !···बासू ! मेरे लिए भी तो वही एक था। वही एक अकेला।

परिचितों की भीड़ को काटता, किसी सुभग घड़ी वह मुझ तक चलता चला आया था और मेरी बगल में खड़ा हो गया था। इस तलाश का श्रेय भी उसे ही था। मेरे लिए तो वह 'यह नहीं', 'यह भी नहीं' के दम्भी नकार को चकनाचूर कर देने वाला एक अनूठा चमत्कार था।

वह था तो बस था, जैसे हजारों विखण्डित चीजें इस ब्रह्माण्ड में घूमती हैं और अपने पूरेपन को पा लेने के लिए किसी परिचित परिक्रमा-पथ में घुस लेती हैं। हार्दिकता के सत्त्व को उकेर लेती हैं।

मैं खिंचता आया था या बासू, नहीं जानता। मित्र पा जाए, ऐसा आन्तरिक संकट उसके जैसे व्यक्ति को क्योंकर रहा होगा। वह अकेला रह सकता था। रह तो मैं भी सकता था पर उसके और मेरे अकेलेपन में फर्क था। मैं अनवरत अशान्त था। वह आत्म-सम्पन्न। मैं एक से दूसरी, दूसरी से तीसरी व्यस्तता में अपने को बींध कर पहले ही प्रतिबन्धित और सुरक्षित कर लेता था। वह बेपरवाह था—फक्कड़ और मुक्त। जहाँ बैठ गया, वहीं पर पूरा। वह सब कहीं जम सकता था। उसका सब कहीं प्रवेश था—हर किस्म की टोली में। बलियाटिक्स और बीटल्स, हिप्पी और हारे, अगुए और पिछलगुए—सबके साथ। सबमें रहते हुए भी वह अपने स्वत्व को अछूता रख लेता था। कोई कच्चापन कहीं दीखता तभी न कोई उसे छेड़ता। उसके मन तक पहुँचने के लिए उसकी निहायत उत्कट और उदग्र दृष्टि के सामने से गुजरना पड़ता था। वह सामना किसी भी प्रकार के आश्वासन से खाली होता था, रूखा-सूखा,

असान्त्वनीय। जो कोई इस खुरदरेपन को झेल सकता होगा, वही तो उसकी आन्तरिकता तक पहुँचेगा।

मैं जाने क्यों, उसी को लेकर बहक रहा हूँ। क्या वह मेरे भीतर इतना खुला हुआ, इतना विद्यमान है कि अपनी अनुपस्थिति को भी अपनी मनोमयता में तब्दील कर दे सकता है। उन दिनों के बाद मुझे उसका कोई अता-पता नहीं। पूरे दो वर्ष···।

पिछले सप्ताह 'एक्सप्रेस' के तीसरे पन्ने पर उसकी फोटो देखी थी। दिल्ली से कन्याकुमारी तक जाने वाली टोली के अगुआ के रूप में। अचम्भा नहीं हुआ था। यह दल जरूर उसी ने तैयार किया होगा। इतनी ऊर्जा उसके भीतर है। बल्कि है इसीलिए इतनी आतंककारी उदग्रता उसमें है। उसे ऐसा कुछ करते देखकर लगता है कि ऊर्जा के इस अक्षय आवेग की खपत हो जाना अच्छा है। यह उसके हित में है। उसके सामान्य हो सकने के लिए जरूरी है।

चाहे यह बहस उसकी मेरी सदा-सदा जारी रहा करती थी कि हम सब क्यों सदा साधारणता-सामान्यता के हक में बने रहते हैं। हर नये संयोजन के विरुद्ध अड़े रहते हैं। यह काम फिर जबरदस्ती कोई असाधारण व्यक्ति या परिस्थिति हमसे करवाती है।

''तुम्हें मालूम है विशाल, हम ऐसा क्यों करते हैं ? असाधारणता हमें हमेशा आतंकित करती है क्योंकि तुलना में अपने को हलका और पुराना सिद्ध करके फेंक देती है।''

आश्चर्य जरूर है कि मैं उसके साथ ऐसी किसी आतंककारी अनुभूति से क्यों कर बच गया था। मिलते ही मुझे लगा था कि वह मेरे ही अस्तित्व का एक जरूरी हिस्सा है, जिसे सामने रखकर मैं अपनी अब तक की तलब और तड़प के स्वभाव को जान पा सकता हूँ। बिना यत्न के स्वत्व तक पहुँच और पहुँचा रहा हूँ। उससे वह बातें होती थीं, जो लगता था सदियों से भीतर तन्द्रिल पड़ी हैं ···पात्र को पाकर जागेंगी नहीं तो अव्यक्त रह जाएँगी, क्योंकि उन कोषों का कोई सिद्ध व्यावहारिक पक्ष तो नहीं होता।

आश्चर्य यह भी है कि हम दोनों एकदम अलग-अलग मिट्टी के बने थे। मैं यदि दुबला, कुछ-कुछ नाजुक, चिड़चिड़ा, अतिरिक्त संवेदनशील, अन्तर्मुखी और भावुक हूँ तो वह पुरुषों का भी पुरुष, मांसल, मुक्त और आत्माश्वस्त। एकदम विपरीत। हमारा सम्बन्ध ऐसा, जैसे दो बाँसों के बीच बँधी रस्सी का साफ-सुथरा तनाव। एक-दूसरे का अकृत्रिम स्वीकार।

जोखिम की हदों से टकराता साहस उसमें कहाँ से आता था, मैं जल्दी नहीं समझ सका। कभी माँ-बाप के प्रसंग के माध्यम से उसकी जड़ें टटोलने की कोशिश की तो उसने झटक दिया— बेरहमी से। यह जताते हुए कि वहाँ जाना बेकार है। वहाँ कोई

दुराव नहीं है पर उस लगाव से उठा न जा सके, ऐसा भी कोई अटकाव नहीं। उसे बैसाखियाँ नहीं चाहिए। किसी की भी नहीं। न अपना इतिहास, न अपना परिवार, न अपने पिता का पद, न भाई के बढ़े-चढ़े बैरिस्टरपने की देशव्यापी गूँज। पैतृक पक्षधरता के बने-बनाये परोसे से वह बचना चाहता है। तो फिर ? यह सब कहाँ से आया ? अन्तर्भूत है क्या ? स्वतः सम्भव है ? अर्जित है ? यह जानना कितना भी जरूरी हो, सम्भव नहीं था। हाथ थे कि अँधेरे में घूम-फिर कर लौट आते थे।

वह पहला व्यक्ति था जिसे देखकर अपने द्वारा घूरे में फेंके 'स्पिरिचुअल' शब्द को उठा लाने की इच्छा हुई थी। उस अपूर्व आत्मबल का रहस्य कुछ-कुछ उसी चुम्बक से उठता नजर आया था। इसी दबाव के चलते मैं पहली बार 'धार्मिकता' और 'आध्यात्मिकता' के बीच के फर्क को समझ पाया था। नहीं तो बरसों से विज्ञान, राजनीति, अर्थशास्त्र, इतिहास पढ़ते-पढ़ते मैंने ऐसी सब चीजों को ताक पर रख दिया था और ऐसा कर पाये होने के उद्धत अहंकार में भर गया था। यह भी नहीं था कि इन मुद्दों को खोटा-सिक्का जानकर मैं दरकिनार कर दूँ पर खोटा करार कर सकने में सिक्के को खनखना कर फेंकने का जो उत्तेजक आनन्द होता है, उससे मैं अलग नहीं हो पाता था।

उसे देखकर लगा था कि कहीं कुछ है जो देखी-जानी स्थितियों के बीच रखकर सन्दर्भित नहीं होता। एक असाधारण अपराजेय-सी अतिशयता, जो भीतर से ताकत और बाहर से तरंग की तरह व्यक्त होती है। यह बाहरी नहीं, आन्तरिक है इसलिए एहसास की चीज है।

आगे की बात अप्रासंगिक लग सकती है पर इस समय मनःस्मृति के प्रवाह में यह निष्प्रयास बहती चली आयी है। इसका उल्लंघन मैं नहीं करना चाहता। नहीं करूँगा।

इतिहास के पर्चे में चूँकि कुछ ज्यादा अंक लाये जा सकते हैं, इसलिए पापा ने मुझे एम. ए. में इतिहास दिलाया था। ज्यादा पढ़ने-लिखने का दबाव भी उनकी तरफ से ही आया करता था। प्रच्छन्न रूप से ! सीख की-सी टोन को यथासम्भव बचाते हुए'''हमारी पीढ़ी की अननुतापी प्रतिक्रिया को ध्यान में रखते हुए। वह भारतीय

प्रशासकीय सेवा की प्रतियोगी परीक्षाओं में मेरे चुनाव को लेकर चिन्तित बने रहते थे। चिर-संचित स्वप्न की थरथराहट उनके चेहरे को कातर किये रहती।

उनका बस चलता तो अपनी सब की सब क्षमताओं का घोल बनाकर वह मेरे हलक में ढुलका देते और एक ही स्तर पर स्थिर-सी हो गयी लगती मेरी मेधा के द्रव में इजाफा करने का सुख पाते। इस बात में जितना वह पगे थे, उतना मुझे होना चाहिए था।

हमारे घर की ऐसी बातों पर वह एकदम चुप रहता था। ऐसे मनोयोग से खाना खाने लगता था जैसे वही संसार का सबसे आवश्यक और अनुपम काम हो। और कोई जाने या न जाने, मैं जानता था कि यह सब बहस से अपने को बचा ले जाने की मुद्रा है। सांस्कारिक रूप से सुखी दिखते परिवार की चुप बहती नदी में कंकड़ डालने के संकट से बचाव !

माँ-पापा की दृष्टि में वह मेरा एकमात्र अभिन्न मित्र था। जो कुछ वह मेरी चिड़चिड़ी, खण्डनीय सहनशीलता से नहीं कहना चाहते थे, उसको कह देते थे—माध्यम बना कर।

एक शालीन सम्मानयुक्त भाव से वह इन सब बातों को सुनता रहता था और बिना किसी हस्तक्षेप या परिवर्तन के मुझ पर ढुरका देता था। लगभग उन्हीं-उन्हीं शब्दों में।

वह श्रम मुझे दीख जाता था, "पर तुम क्या कहते हो ? क्या तुम्हें मेरे बारे में कभी कुछ नहीं कहना होता ?"

"उन बातों को रहने दो विशाल। अगर तुम्हारे अन्दर उतना अलग खड़ा रहने की ताकत नहीं है ···मेरा मतलब है कि तुम्हें अगर लता की तरह ही बढ़ना है तो तुम पेड़ से नाता क्यों तोड़ते हो ? यू आर सच ए डार्लिंग ब्वाय टु देम···उनकी अपेक्षाओं का ठीक-ठीक जवाब ! तुम समझो, मैं तुम्हारी आलोचना कर रहा हूँ तो यह मुझ पर अन्याय होगा। मैं जो कुछ भी करता हूँ, इसका यह मतलब नहीं कि मैं सबसे वही उम्मीद करता हूँ। अपुन अकेले हैं ···जोखिम उठा सकते हैं···हैव प्रैक्टिकली नथिंग टू लूज एक्सेप्ट मायसेल्फ। हँस रहे हो ?···हँसो, तुम्हें लगता होगा जिन्दगी के बारे में यह एक डेंजरस नतीजा है, पर हर्ज क्या है। इतने सारे लोग तो हैं न एक-दूसरे की तरह जीना चाहने वाले। ···हालाँकि इसका यह मतलब नहीं कि मैं कोई बड़ा तीसमार खाँ होना चाहता हूँ पर एक बार जिन्दगी को खुलकर ललकारने की खनक तो सुनने को मिले।"

मेरे पूछने पर कि आखिर वह करना क्या चाहता है।—"वही जो मन में आये··· इसीलिए तो मैं आसानी से किसी को अपने घेरे में आने नहीं देता। यह टैगिंग बाधा डालती है। सोचो जरा, ये चीजें—मेरा मतलब है प्यार, घर, कोमलता—कितना

डरपोक और प्रोटेक्टिव बनाती हैं इन्सान को। मैं अकसर सोचता हूँ कि यह घर बनाने और छत के नीचे दुबकने की वृत्ति तब इन्सान में आयी होगी, जब उसने उस आदिम निडरता के रहते भी इन्हीं सब चीजों को छूने की इच्छा की होगी। ही माइट हैव वाण्टेड टु बिलाँग। यह सब चीजें किस हद तक कच्चा और कमजोर बनाती हैं।···फिल्मों ने इस कमजोरी को खूब निचोड़ा है। जब किसी को नपुंसक और लाचार दिखाना चाहते हैं तो उसकी माँ, बहिन, बेटी को पकड़ लाते हैं। छुरा लगाकर सौदा करते हैं, क्योंकि उन्हें लगता है, वहाँ हम टूट सकते हैं, बिक सकते हैं। जो कोई हमारे 'बीइंग' को प्रताड़ित करना चाहता है, हमारी औरतों को रेप करता है। यह सब मर्यादित जीवन के अभिशाप हैं।···एक से एक दारुण। क्या ऐसा नहीं हो सकता कि आदमी उस गुडी-गुडी ब्रिटलनेस से बचा रहे। ऐसा चाहना भी तो अपने अन्दर किसी बेशकीमती जज्बे को ही बचाना हुआ न···जब तुम दूसरों के चंगुल में आने से बचे रहना चाहते हो···।''

यह सब कहते उसकी आँखें जलने-सी लगती थीं। उग्र, उत्तेजित, तपता-सा हिंसक चेहरा। यह हिंसा किसके विरुद्ध थी, मैं उस समय उसके सामने बैठ सोचा करता था, पर किसी खास जगह पर हाथ नहीं रख पाता था।

अब लगता है, मैं उसे 'हिंसक' कहता था क्योंकि मेरे पास इस तरह मनुष्य की सहजवृत्ति को लाँघना चाहते आवेग के लिए कोई दूसरे शब्द नहीं थे। उसकी बातें मन में टकराती रहती थीं; पर बातें तो फिर बातें थीं कुम्हार के सामने पड़ी मिट्टी के लोंदे जैसी। उनको ऐसा ही रहना था, जबतक आँवें न चढ़ें।

बात उस दिन डायनिंग टेबल पर खाना खाते-खाते चल रही थी। पापा इतिहास के पर्चे से बात शुरू करते-करते, सच में इतिहास में आ जाते थे। बार-बार वही दरवाजे खोल कर दिखाते थे जो उनके भोग का हिस्सा था—देश-विभाजन का इतिहास। यह प्रसंग उन्हें बार-बार वहीं ले आता था जहाँ दर्द के इतने निकट न होने पर इतनी जल्दी पहुँचना नहीं हो सकता—''अब यह बात अलग है कि फफ़ोलों के दाग मिट चले हैं पर इतिहास तो वह हमारा ही था···''

जाने कैसे नये सिरे से पापा के फफोले रिसने लगते थे। वह एकाएक कातर जैसे दीखते थे। इतिहास की दारुणता में अपने लाचार हाथ बढ़ाते हुए···स्मृति में नये सिरे से उन्हें फुँकता देखते हुए···, विस्थापन की ऐतिहासिक अवशता में लिसलिसाते हुए। इस आवेश का रुँधा हुआ क्षण बार-बार आ जाता था। टिक-सा जाता था।

कैसे हो पाता था वर्षों को लाँघकर इस तरह बार-बार लौटना। आखिर स्मृति की मंजूषा कितने मानसिक कालों तक भोक्ता के मन की दयनीयता को संचित रख सकती है।

तने हुए सन्नाटे की वह घड़ी थाली और डोंगों की अदला-बदली के ऊपर पीली आँधी की तरह ठहर जाती थी। सब गुम हो जाते थे—मैं, माँ, बासू और नीरा। तब केवल पापा ही बोलते थे। उस थमे हुए क्षण को मुक्ति देने का बोझ भी पापा पर ही आता था, चाहे जैसे भी करें। उस दिन भी उन्होंने ऐसे, अकारण ही बात शुरू की थी—

''एक बात कहता हूँ,'' वह पिघलन फिर रिसने लगी थी। ''हम इस देश में धर्म का ठप्पा लगाकर लड़ते बलवाइयों को तो कभी माफ कर भी देंगे पर अँग्रेजों को तो कभी नहीं। चाहे वह हमारे लिए कितने बड़े कल्चरल कैरियर हैं···कितने बड़े स्केल पर। ठीक है कि यह स्वर्ग उन्होंने ही यहाँ उतारा है···बिजली, पानी, रेल, टेलीफोन देकर, पर सिविलाइज्ड आदमी का वार भी सिविलाइज्ड होता है, एकदम बारीक; इसे भूल न जाओ। ऐतिहासिक गुलामी ले गये ···दिमागी गुलामी छोड़ गये। मरो, खपो इस कीचड़ में कीड़ों की तरह। उस दलदल से ऊपर अपने मन में अपना कोई सपना होगा तभी न कोई उस कीच में से निकलेगा। पर सपना तो कहीं है नहीं। हरकत के नाम पर उसी कृतज्ञता का विस्तार करते रहना। अपने को बार-बार उन्हीं कल्चरल फ्रण्टियर्स तक ठेल ले जाना। जड़ों में कब तक गुलामी के परनालों का पानी चलता रहेगा, इसका कोई होश नहीं।''

''चलो, बस भी करो, रोज-रोज बच्चों को हिलगा लेते हो,'' माँ थीं।

''हिलगा लेता हूँ ?···अरे, मैं चाहता हूँ यह दर्द इनके रेशे-रेशे का हिस्सा बने। यह जिम्मा इनको ही लेना है। पर जिम्मा लेना तो दूर···कोई बात भी नहीं सुनता। इन्हें तो यही ठीक पड़ता है कि तुम बन्द रहो, हम अपने में मस्त रहेंगे। इन्हें देखकर कौन कह सकता है कि इनके सामने खड़ी पीढ़ी ही इतिहास के ऐसे हादसे का शिकार हुई थी···चलो, जान-माल को लगे जख्म छोड़ भी दो, उसे देश की आजादी के खाते में डाल दो पर यह जो बादलों के हट जाने के बाद भी दासता में बने रहने का अँधेरा है···वह ? वह खोट क्यों नहीं दिखाई देता किसी को ?···वही तो समझाने-बताने की बात है। मैं कहना चाहता हूँ, उससे लड़ो। कुछ करना चाहते हो तो उस मनोवृत्ति से लड़ो···और मालूम है लड़ाई कैसी होगी···। तब, जब वह चीजें हमारे बाहर खड़ी होंगी··· विरोध में···। जब हम खुद उस लालच और कृतज्ञता में होने की इच्छा के शिकार नहीं होंगे। तब लड़ाई का पैंतरा अपने आप तय हो जाएगा। तब यह सारा खून-खराबा और जलियाँवाला बाग आसानी से नहीं भूल पाएगा।''

''पर पापा···।'' मेरे मन में एक ही प्रश्न फड़फड़ा रहा था कि ''हम जो

विश्व-बन्धुत्व की कल्पनाएँ किया करते हैं, वह इन सब उद्‌गारों के रहते कितनी खोखली हैं, क्योंकि इतिहास में हुए ऐसे हादसे किसी देश या जाति की स्मृति को पीढ़ी-दर-पीढ़ी दूषित करते रहते हैं।''

पापा का पक्ष साफ था, ''मैं तो साफ कहता हूँ कि मैं इस अन्तर्राष्ट्रीयता की झोंक में राष्ट्रीयता को कमतर नहीं मानता। वह एक सैद्धान्तिक जैसी चीज है। हद से हद तुम उसे एक 'नोबल सेण्टीमेण्ट' कह सकते हो···हाँ, यह जरूर है कि उस सेण्टीमेण्ट की आड़ में तुम अपने देश के लिए, कुछ भी न करने के गुनाह से अपने को बरी जरूर कर लेते हो···क्यों बासू, तुम क्या कहते हो ?''

बासू ने जो उत्तर दिया था, वह क्या अपेक्षित था ? खाने की टेबल पर दोनों हथेलियों के गुँथे टिकाव पर ठोढ़ी रखे वह पापा के सामने बैठा था। वही बन्द-सा निर्भाव चेहरा और निष्कम्प आँखें।···

''देखिए अंकल···आपके···मेरा मतलब है आप की पीढ़ी के मन में अँग्रेजों के प्रति नफरत है, और आप उस नफरत में से अपने देश के लिए कुछ कर सकने की ताकत उगाहना चाहते हैं तो आपकी मरजी। ऐसा करने के आपके जो कुछ भी कारण रहे हों मुझे उस पर कुछ नहीं कहना। पर मैं उस दुःख या विद्रोह को फिजूल समझता हूँ। हम···या हमारी पीढ़ी क्यों उस इतिहास की कैदी बनी रहे ! हमारी स्मृति में वह नहीं है तो नहीं है। हमारे लिए तो संसार वहीं से शुरू होता है जहाँ से हम शुरू हुए थे।···अब यह बातें सुना-सुना कर जबरदस्ती हमारी अवेयरनेस में ठूँसी नहीं जा सकतीं। इस जुए को उठाये-उठाये चलना मुश्किल है। वैसे भी आप जो कुछ कहते हैं, उसे 'यह' कर सकता है,'' उसने मेरी ओर इशारा किया था···''इसकी बात दूसरी है।''

पापा स्तब्ध रह गये थे। मुझे भी कुछ अच्छा नहीं लगा था। पापा ने जो कुछ भी कहा था, वह निरी भावुकता तो नहीं थी। वैसे भी विरासत क्या केवल व्यक्तिगत ही होती है। इतिहास का दंश भी तो व्यक्तियों के माध्यम से ही छन कर आता है। पहले का इतिहास ही हमारे इतिहास को बनाता है।

इसके अतिरिक्त इस सारे कथन में बासू ने अपने और मेरे बीच जिस आधार को लेकर भेद किया था, वह भी अखरा था। पिता की विरासत का जिम्मा लेकर मैं अपनी पीढ़ी के सुख-दुःख से मुक्त कैसे हो जाता हूँ।

ऐसे बासू को उसने हथिया लिया था। मेरे देखते-देखते। शतरंज की मोहरों में हिलगा कर। पढ़ाई के लुढ़कते आते पत्थर के नीचे मुझे अकेला पिसता छोड़ कर।

बासू की पढ़ाई का ढंग भी निराला था। वह आठ-आठ, दस-दस दिन किताबों को हाथ नहीं लगाता था, फिर पिल पड़ता था एकाएक तीन-तीन, चार-चार रातें एक साथ। "क्यों, नींद ?"—"अरे छोड़ो यार, यह दिन और रात का चक्कर। यह गुलामी हमसे नहीं होने की। रात को ठाठ रहते हैं। एक चिड़िया तक नहीं फटकती। अपनी दुनिया पसारने में आसानी रहती है।"

वह भूल जाता था कि दिनचर्या उसका दबाव नहीं है, क्योंकि वह हॉस्टल में रहता था। घर मेरा है। मैं घर की व्यवस्था का एक पुर्जा हूँ। वैसी मनमानी मैं नहीं कर सकता। करता भी तो ···मेरी देह और मेरा मन खुद भी उस व्यवस्था के अभ्यस्त हो चुके थे।

उसने इतिहास में एम. ए. छोड़कर इलेक्ट्रॉनिक्स में दाखिला ले लिया था। वह भी आई. आई. टी. में। वह भी पात्रता-परीक्षा पास करके। दो-चार महीने में ही वहाँ ऐसा खप गया था जैसे इन्स्टीट्यूट से लेकर डिग्री तक दौड़ने वाले खिलाड़ियों की जमात में वह बरसों से शामिल है। यहीं इन्स्टीट्यूट के वार्षिक मेले के दौरान मेरी उससे पहली भेंट हुई थी। मेरे एक सहपाठी के माध्यम से अविलम्ब पहचान···जैसे वर्षों की क्षुधा अपना हविष्य ढूँढ़ लेती है और तृप्त भी होती है।

बासू के आते ही वह शतरंज पसारकर बैठ जाती। काम जो भी रहता—घर या कॉलेज का, उसे पटापट निपटाती। कुछ तो था कि उसके हाथों-पैरों का मिजाज बदल रहा था। बैठे-ठाले फुर्सतीपन में एक क्षिप्रता आ गयी थी। जीवन के बहुमुखी अर्थों की वह तड़प, जो मैं किताबों के माध्यम से उसमें जगाना चाहता था, अब जागी थी। फुर्तीले आवेश का यह ग्लेशियर पता नहीं कब से उसके भीतर जमा बैठा होगा, जिसे मैं अवाक् होकर अब बहता देख रहा था।

इस सबका उत्प्रेरक क्या था, मेरे लिए कह पाना कठिन था। फुटपाथ से चलकर बीच सड़क के आ जाने की स्थिति सुखद लग सकती है, किसी को भी। या कि यह बासू के साथ होने की दीप्ति है ? पर वह ही होगी जो ओढ़ रही होगी, एकतरफा ! बासू तो···। उसे क्या मालूम कि बासू के भीतर और कितने भीतर हैं। जिसके सामने होता है, उसी का हो गया दीखता है पर उसके भीतर का अमाप अक्षुण्ण पूरापन···कोई वहाँ तक पहुँचेगा तभी न उसको छू पाएगा। माँग का वजन भी माँगने वाले के अपने वजन के अनुसार ही होता है।

शुरू-शुरू में राहत हुई थी। उसे निस्संग छोड़ देने के अपराध की चुभती नोक

तनिक परे घूम गयी थी। उसके भीतर का बेगानापन छितरता है तो छितरे। जो मैं नहीं कर पाता, उसे कोई कर पाता है, तो जरूर करे। वैसे भी मेरे मन में बसी स्त्री की छवि को वह किसी भी अर्थ में आपूर्त नहीं करती थी, इसलिए मेरे लिए वहाँ होते हुए भी जैसे नहीं होती थी।

बासू पॉप म्युजिक का शौकीन था। रिकार्ड वह खरीद कर लाता, बजते मेरे स्टीरियो पर थे। ज्यादातर पापा की अनुपस्थिति में। उस संस्कारविहीन हुल्लड़ के प्रति उनके कोप से बचते हुए। माँ उपदेशों के पुलिन्दे को हाथ में देने में कुछ संयम से काम लेती थीं।

रवानी से भरी कोई भी लय बासू को भीतर से छेड़ देती थी। उसके सुप्त पड़े तन्तुओं में तरंग की तरह प्रवेश करती। पहले उसके पैर चलते फिर उँगलियों की पोरों में लय की चुटकियाँ जागतीं, फिर वह नॉर्थस्टार के रबर-सोल पर थिरकता हुआ खड़ा हो जाता। कभी अकेला, कभी कुरसी पर जमकर बैठी मेरी उपस्थिति में संक्रामक चैतन्य जगा कर। हम कमरा बन्द कर लेते थे और नाचते थे। तब तक···जब तक नये रिकार्ड में कैद धुन हमारे दिमाग में सरसराने वाली प्रतिगूँज न बन जाती। वह रिकार्ड फिर उतर जाता, थककर, हमारे दुराग्रहों की मार से प्रताड़ित होकर। नये रिकार्ड की बारी आ जाती।

झुटपुटा-सा था। बासू लपकता आया था, "जल्दी कर यार, फिर अंकल आ जाएँगे। एक बार बजाकर देख लेते हैं। तुम उनके आने पर पढ़ लेना।"

जब धुन शुरू हुई तो मैं कुरसी पर बैठा था। वह दीवार से लगी खड़ी थी, तलुवों को धीमे-धीमे धरती पर बजाती। बासू कभी एक पैर, कभी दूसरे पैर की थाप से लय के सम को छू पाने में तल्लीन।

उसका भी वहाँ होना अब कोई नयी बात नहीं थी। वह ज्यादातर वहीं बने रहना चाहती थी। पहली बार जब मैंने उसे नाचते देखा तो दंग रह गया था। यह सब उसने कब और कहाँ से सीखा ? कहाँ से पायी ऐसी उत्सर्जित तन्मयता ?

बासू ने जैसे ही वॉल्यूम बढ़ाया, दीवार से छिटककर वह 'कम-कम बासू' कहती हुई कमरे के बीचोंबीच हो ली, झूमती-लहराती ! भंगिमा में लोच और लय को ऐसे साधती, जैसे उसके पंजे जमी हुई मोम के बने हों।

क्षण भर नहीं लगा था। छोटा-सा बन्द कमरा। कुरसी पर जमा बैठा मैं। धमाधम गूँजती थापें। दीवारों से टकराती प्रतिगूँजें। उत्ताल तरंगों के झरने में बहते, काँपते, थरथराते वह दोनों ···वे दोनों···वे ही दोनों ! हहराती लय का उद्दाम आरोहण मुझे अपने में ले लेने में असमर्थ हो गया था, बासू की कोहनियों के बार-बार मिलते टोहकों के बावजूद।

रिकार्ड खत्म हुआ तो वह धप्प से मेरी खाट पर बैठ गयी—हाँफती ! भीतर

बहती लय को साँसों की धौंकनी से विसर्जित करती। भीगी हुई, श्रान्त।

बासू, एकदम वहीं दीवार से लगा हाँफते-हाँफते उसकी ओर ताकता हँस रहा था। तर-बतर। एक साँझा-सा आर्द्र आप्लावन इस सिरे से उस सिरे के बीच बह रहा था और मुझे मेरी ही दृष्टि में फालतू कर गया था।

"पानी लेकर आता हूँ"—कहकर मैं धड़ाके से बाहर निकल गया था।

अब तो वह और भी उत्सुक रहने लगी थी। अपने से बाहर बहने लगी थी। मैं इस होने का एक अकेला साक्षी था। भाग्य या अभाग्य, हम दोनों एक ही कमरे के कैदी थे।···छोटी-सी चारदीवारी में आमने-सामने···जहाँ पंख फड़फड़ा रहे हों तो दीवारें भी जाग जाती हैं। एक त्रासद फँसाव···। अपने-अपने एकान्त के अधिकार से रीता।

उसका एकान्त···? यह विचार जब भी आता, बासू से बँधा आता और चिन्ता में लसेड़ देता। क्या वह बासू को पूरा जानती है ? जीवन को लेकर उसकी नयी-न्यारी मान्यताओं के परिणाम को पहचान सकती है ? उसके जैसी वृन्त से वियुक्त लड़की !···

मैं उसे यह सब समझाना चाहता था अधिकार से। न बन पड़े तो दो-चार झापड़ भी··· पर वह अधिकार, वह अक्लिष्ट भ्रातृ-भाव ! कहाँ था वह ? क्या मैं कभी इसे कमा पाया था ? अब तक तो मैंने उसकी अवहेलना ही की थी। बहने दिया था उसे प्रवाह पर पत्ते की तरह अकेला और अनाथ।

यह पुल कैसे बन सकता है ? क्या कोई भी यत्न अब सार्थक होगा ? मैं इस प्रयास के लिए तैयार था।

बहुत सोचता रहकर मैं बाजार गया था। मेरे पास एक ही विकल्प था—किताबें। उसी माध्यम से मैंने अपने को भीतर-बाहर फैलाया है। उससे हटकर कुछ करूँगा तो झूठा कहलाऊँगा। 'लायर' 'चीटर' यह उसके ही दिये हुए विशेषण थे।

मैंने खरीदे थे ढेर से कॉमिक्स, थ्रिलर्स, बेस्टसेलर्स ! उन्हें खरीदते मैं खुद ही उत्तेजित हो गया था। वहीं, बाजार में खड़े-खड़े मैं उसकी उत्फुल्लता की कल्पना से

आत्ममुग्ध हुआ था। 'कॉमिक्स, थ्रिलर्स' और तुम। वह मुझे एक छलकते अचम्भे में सराबोर दिखी थी। मैंने यहाँ तक सोच डाला था कि यह किताबें मैं उसे हर नये दिन एक-एक नयी निकाल कर दूँगा।

बस का इन्तजार करने का धीरज मेरे भीतर नहीं था। मैं ऑटोरिक्शा लेकर घर आ गया था। वह कॉलेज से आ चुकी थी और कमरे में बैठी थी। मैं झिझका था, हाथ में उस पैकेट के रहते। जादूगरी के इस पिटारे को ऐसे नहीं खुलना था। अपनी ही देह की आड़ में दायें हाथ में पैकेट को थामे मैंने उसके सामने से गुजर जाने का यत्न किया था। यह यत्न मुझे महँगा पड़ा। पैकेट टेबल की नोक से टकरा कर नीचे जा गिरा था। मुझे धक्क-फक्क छोड़कर। पर यह कातरता अर्थहीन थी। वह पैरों के नाखून काट रही थी। नेल-कटर किनारे रख कर, पलँग से तनिक झुककर उसने पैकेट उठाया और मुझे थमाने का उपक्रम किया, बिना किसी जिज्ञासा के और उसी काम में लग गयी।

वह ठण्डा आत्मतोष···यह ठिठुरन मुझे इतना अवसन्न कर गयी थी कि आत्मदया के बर्फीले पहाड़ पर मैंने खुद ही सम्पन्नता बनकर बरस जाना चाहा था।

"देखो···देखो तो नीरा···यह सब तुम्हारे लिए हैं···सारी की सारी तुम्हारी···!" एक-एक पुस्तक रोज देने की बात उस समय मेरे दिमाग से भाप बन गयी थी। एक कातर उतावलेपन में मैं पैकेट की रस्सियाँ नोचने लग गया था। रस्सी की मजबूती ने बाधा दी तो मैंने टेबल पर पड़े ब्लेड का इस्तेमाल किया, अपनी उँगली की पोर को घायल करते।

भूरे कागज की कैद से मुक्त किताबें पसर गयी थीं उसके सामने। रंग-रचित मोहकता की आखेटक उदारता।

बहुत भीगी, बहुत उत्फुल्ल-सी किलक मैंने उसके मुँह से सुननी चाही थी, पर वह मेरे अपने मुँह से निकली थी। वह तो वैसी ही निरुद्वेग बैठी थी···किताबों पर पसरे स्पर्श के बावजूद अनुत्सुक।

"थैंक्यू स्सो मच", उसका चेहरा ठण्डा और निर्भाव था। "पर तुम तो जानते हो मुझे किताबों का शौक नहीं है, आय लाइक ह्यूमन बीइंग्स !"

चिन्ता और कुढ़न ने मेरे भीतर रहने से इनकार कर दिया था।

"क्या तुम्हें नहीं मालूम, माँ को यह सब अच्छा नहीं लगेगा," कमरे में घुसते ही मैंने कहा था। उस आक्रान्त हवा के हवाले हो जाने से पहले ही मैं बोल देना चाहता

था जो फेफड़ों में भरती थी तो आवाज के तन्तुओं को पहले रौंद देती थी।

''मेरी जिन्दगी मेरी है···वह किसी की भी माँ···'' आवेश की उग्रता को पीसने के यत्न में उसका चेहरा तमतमा गया था।

मैंने शाम को बासू को पकड़ा था। दरवाजे से कमरे तक आते आँगन में रोक कर।

''यह नहीं चल सकता,'' मैं काँप रहा था।

''क्या नहीं चल सकता ?'' मेरी मुट्ठी में बुरी तरह भिंची अपनी आस्तीन उसने छुड़ा ली थी और मुझे घूरने लगा था। अपलक ! यह दृष्टि मुझे स्वच्छ-सी लगी थी।

मैं कच्चा-सा हो गया था। मेरा हाथ फिर से उसके कन्धे पर जा पड़ा था। जितना छीला था उसको साधते।

''तुम्हें तो ठीक से क्या पता होगा···उसकी जिन्दगी में पहले से ही कितने काँटे हैं ···वैसे भी वह इतनी छोटी और नासमझ है कि···''

''छोटी ?'' बासू के अक्खड़-से दिखते चेहरे पर एक विद्रूप खेल गया। ''वह कहीं से भी छोटी और नासमझ नहीं है।'' उसने निर्णायक भाव से कहा।

उसका वह निर्णायक-सा आधिकारिक भाव ! मैं जाने क्यों काँप गया, ''क्यों, क्या अठारह-उन्नीस साल की लड़की को तुम नासमझ नहीं कहोगे ?''

उसे इसी बात की तो तकलीफ है···कि उसे नासमझ कहकर किनारे कर दिया जाता है···इम्पोर्टेन्स नहीं दी जाती।''

''मुमकिन है, हो।'' मैं परास्त-सा हो गया था। भीतर से थक गया था। इससे आगे देखना मेरी चिन्तातुर अभिभावकता के बूते नहीं था। मैं जो कर सकता था, कर आया था। चाहे पलट कर देखते लगा था कि मैं जड़ छूने जाकर पेड़ को झिंझोड़ कर आ गया हूँ और पेड़ है कि मेरे हटते ही थम गया है—यथावत् !

आगे के दिन···अमूर्त अव्यक्त कुछ तो था जो उस हवा में साँस ले रहा था और मुझ जैसे मनोन्मुख आलसी आदमी को चौकन्ना कर गया था। क्या मैं बासू से अपने संसर्ग के बदलते माप-तौल से उद्विग्न था ?

पहले जब वह आता था तो मुझे पढ़ता देखकर लौट जाता था या मेरी खाट पर जमा किताब पढ़ता रहता था। खाली होकर हम फिल्में देखते, रिकार्ड बजाते, बहस करते ···अनगिनत बातों पर—परीक्षाएँ और प्रयोग, संस्कार या समाधान, इतिहास की जकड़ीली जड़ता, जेनरेशन गैप और पतनोन्मुख पीढ़ियों का दर्द, समाजवाद और

उसकी कार्य-साधकता—दूर-दराज के ओरों-छोरों के बीच बहस की सुई डोलती रहती। यह सब बातें होती थीं अपने-अपने विश्वास की छलनी से छनकर। अतिक्रान्त हुए बिना। आपसी प्रभाव को परिप्रेक्ष्य की तरह स्वीकारते हुए। यह तो तय ही था कि मैं और वह एक नहीं हो सकते थे पर दूरी परेशान नहीं करती थी चिन्तन के केन्द्रों की। वह बहुत दृढ़ किस्म की उत्तेजना में भीगकर बात करता था पर साथ ही एक अनुपम श्रोता भी था। सुनता था, सोचता था, धारण करता था। मन में, जीवन में, दिनचर्या में, उसने इतनी जगह बना ली थी कि कोई एकाएक उसकी बाँह पकड़कर उठा ले जाए तो वह जगह खाली-खाली हो गयी लगती थी, घूरती थी।

क्या सच में वह उसे उठा ले गयी थी ?···साधारणतः कहीं और उसका लगाव हुआ होता तो मैं बासू के पक्ष में होता। अपनी सारी लगामें ढीली करके मैं उसकी बगल में जा खड़ा होता। उसके मन को अपनी आँखों में उड़ेलकर देखता···उसके चाहने को चाहता, पर अब···

क्या वह मेरे संस्कार थे जो बासू की मित्रता से बड़े हो गये थे, या मेरा ज्ञान कि बासू अलोच अडूब है···परम्परा-विरोधी। बन्धन काट सकता है, ओढ़ नहीं सकता। उसका फक्कड़पन किसी दूसरे के दिये अर्थ का मोहताज नहीं और ख्वाहमखाह शहीद हो जाए, ऐसा उसका स्वभाव नहीं, फिर क्यों उसके रास्ते में अड़ना।

और नीरा ? मेरी पहुँच से पूरी तरह परे। एक छोटी-सी पहल मैंने की थी पर फली नहीं थी। मैंने उस पर ज्यादा ध्यान देना शुरू किया था, स्नेह के उलार को महीन तरीके से उस तक पहुँचाते। और कोई समय होता तो वह उस पुल का स्वागत करती। अब ऊबती थी। बँटी रहती थी। बात सुनती थी जैसे दहलीज पर खड़े-खड़े। अपने मनोनीत प्रदेशों की ओर मुँह करके।

जो कुछ भी मैं करता था वह मुझे ही ज्यादा उखाड़ता था।

माँ भी सूँघ रही थी, जैसे मैं। चाहे मेरे जितना नहीं। चिन्तित हो गयी थी। स्नेहिलता ठिठक गयी थी। हम दोनों को बराबरी में काट देने वाला जो भाव था, वह एकदम नदारद। नीरा को फुरसत में देखा नहीं कि सिलाई-बुनाई, चूल्हे-कढ़ाई की ओर ठेलने लगीं···दबी-ढकी चौकसी के साथ। यह चौकसी माँ को ही व्यस्त से व्यस्ततर करती थी। वह अछूती बनी रहती थी, ढीठ की ढीठ। लुकाछिपी चलती रहती। माँ उसको और वह माँ को काम में उलझा कर स्वयं निवृत्त हो सकने की ताक में रहती।

मैं जानता था। बस मैं ही जानता था। चूँकि मैं ही जानना चाहता था। ऊपर-ऊपर सब शान्त है। भीतर सब अलग-अलग अशान्त है। माँ खाना बनाती हैं पर चौकसी करती रहती हैं। वह खाट पर पसरी रहती है पर राह देखती रहती है। मैं किताब सामने रख लेता हूँ पर कुढ़ता सूँघता रहता हूँ। एक वह ही होगा जो निश्शंक निवृत्त होगा। दुविधाएँ उसे नहीं डसतीं। उसके सुख-चैन को घायल नहीं करतीं। पर कम-से-कम उसे सोचना तो चाहिए। इस घर के हित को ध्यान में रखना तो चाहिए था···

इस घर का हित क्या है ? वैसे देखा जाए तो नीरा को चाहने या उसकी चाहत को झेल लेने से क्या भूकम्प आ जाने वाला था ? यह क्या कोई संसार की असम्भव अनूठी बात थी ? पर मेरी चिन्ताएँ···किन्हीं दूसरे छोरों से आती थी···बासू की जीवन-पद्धति और जीवन-दर्शन से लग कर।

ऐसा हो सकता था कि मैं हमेशा की तरह बासू के पक्ष में रहता, पर ऐसा नहीं था। मैं माँ के, घर के पक्ष में था। सुरक्षा के पक्ष में था। उतने ही पुरानेपन से सोच रहा था। इसका कारण नीरा का पैतृक इतिहास भी हो सकता था और बासू की जीवन-प्रणाली भी। दोनों बातें संघट होकर मेरे रास्ते में अड़ गयी थीं। मैं मित्र से अधिक अभिभावक हुआ जा रहा था, पर यह बात मैं नीरा को समझा नहीं पा रहा था। उसके-मेरे बीच अविश्वास के अथाह में विश्वास की नन्ही-सी डोंगी कागज की बनी लगती थी।

वह जरा-सा भी उन्मुख होती तो उसे जरूर कुछ कहता। प्यार से, दुलार से, भाई की मनुहार से उसके टेढ़े-बाँके कोनों को सहलाता। वह नहीं जानती थी, वह कौन-सी भट्ठी में हाथ डाल रही थी। जितना वह बाहर से दिखता है···दोस्त-यार, आत्मीय, अपना-जैसा···उतना भर वह नहीं है।···वह निस्संग, निर्मम, दुराग्रही भी उतना ही है···

'चीं ऽऽ···चींऽऽ···!' नीरा ने करवट बदली है। मैं जानता हूँ वह यों ही पीठ करके लेटी है। सो नहीं रही है, जैसे मैं टेबल-लैम्प के प्रकाशवृत्त में अपने सामने किताब रखे बैठा हूँ और पढ़ नहीं रहा हूँ।

मैं जानता हूँ वह जाग रही है। छिप रही है। छिपती रहती है। यह उसका इधर का रवैया है।

क्षण-भर में ही दीवार पर उसके हिलने-डुलने की परछाईं अंकित होती देखी। मेरी साँस गुम रही। वह पलँग से उतरकर स्टूल तक आयी। थर्मस से पानी उँड़ेलकर गटगट पिया और सावधान चुपकेपन से गिलास वापिस रखकर पलँग तक लौटने लगी।

''क्या रोशनी बुरी लग रही है ?···बन्द कर दूँ ?''

"नहीं ! मुझे फर्क नहीं पड़ता।"

"नींद न आ रही हो तो बैठो," मैंने फुर्ती से घूमकर उसके और उसके पलँग के बीच दूसरी कुरसी खिसका दी।

"नींद आ रही है।" वह मेरे बिछाये आग्रह के पाँवड़ों पर चलने से इनकार कर रही थी।

मैं एकाएक अधीर, फूहड़ और डायरेक्ट हो जाता हूँ। "ब्याह-शादी के बारे में बासू के क्या विचार हैं, जानती हो ?"

"जानती हूँ।" एक आलस-पगी उबासी उसने तानने की कोशिश की।

"फिर ?"

"फिर कुछ नहीं। वह मुझे अच्छा लगता है। अपना लगता है। इतना अच्छा मुझे अब तक कोई नहीं मिला।"

"ऐसा ही सही···पर कुछ आगे-पीछे भी तो देखो। देयर इज नो फ्यूचर फॉर यू···"

वह शान्त बैठी थी, पैर हिलाने लगी, कुछ-कुछ ढिठाई से। मुझे सिर उठा कर उसका चेहरा देखना पड़ा था। चेहरा बोल रहा था। होठों के तरेरते हुए कोने···तपिश आँखों में। मैं उस विद्रूप से लदी इबारत को पहचानता था···आगे-पीछे, लाभ-हानि, वर्तमान-भविष्य उसे नहीं सोचना है। जो हो रहा है उसे होने देना है। उस होने में शामिल होना है।

पर वह चुप रही तो मुझे शह मिल गयी। "उसकी जिन्दगी बिलकुल दूसरी तरह की है। उसे किसी भी तरह से घरेलू नहीं कहा जा सकता ?"

"जानती हूँ।"

"उसकी संगत वैसी ही हिम्मत या हौसले के बिना तुम्हें महँगी पड़ेगी, फिर तुम अपनी परिस्थितियाँ भी तो देखो। पहले ही···।"

"वह बात तुम मत करो।" वह ऐसे चटकीले आक्रोश से बोली कि मैं सन्न रह गया, "उसी बात को लेकर मेरी मिट्टी-पलीद नहीं होती रही अब तक···जिसने जिधर चाहा, ढकेल दिया ···।"

एक गाढ़ी-सी बोलती हुई चुप्पी, जैसे आँधी के आने से पहले धूल घोंट देती है आकाश को। "···परिस्थितियों की बात करते हो तो बासू की और मेरी परिस्थितियों में कोई फरक नहीं है। मैं भी उसी की तरह हूँ। मेरा भी कोई घर नहीं है।"

"उसका घर है", मैंने काट दिया था। इस सेतुबन्ध के लिए बटोरे पत्थरों की टोकरी को ढुलका दिया था। वैसी हिंसा मेरे भीतर लपलपायी थी। "तुम क्या समझती हो, उसका माँ-बाप से कोई झगड़ा है ? उसने खुद ही लोहा ले रखा है जिन्दगी से। पता नहीं किस···किस झोंक में···क्या एक्सपेरिमेण्ट करना चाहता

है···क्या नतीजे निकालना चाहता है ? उसकी बात और है। सब उसकी तरह फौलाद के बने नहीं होते।''

''कोई किस चीज का बना होता है, यह ऐसे देखने से क्या पता लगता है ?'' वह अनुत्तेजित थी। भीतर से पक्की और कठोर।

उसने फिर से अपनी ही व्याख्या की थी, अपने को बासू के समकक्ष बिठा कर। उसकी और अपनी मिट्टी के स्वभाव में रिश्ता गाँठ कर। मैं क्षुब्ध हो गया।

''यह समझ लो, उसके साथ एक आवारा किस्म की जिन्दगी गुजारने की छूट तुम्हें माँ, मौसी या पापा से नहीं मिल सकती···सो पहले ही क्यों नहीं सोच लेतीं ?''

''अभी तक तो वे सब मेरे बिना चला रहे थे, अब भी चला लेंगे।''

''व्हाय यू आर सो अनकाइण्ड टु एवरीवन ?''

''व्हाय ऐवरीवन इज सो अनकाइण्ड टु मी ?''

''तुम्हारे दिमाग में गलत बातें बैठी हैं।''

''तुम्हें अपनी तरह सोचने का हक है। उसमें मैं क्या कर सकती हूँ।···मैं बेवकूफ थी जो तुम्हें बासू की तरफ समझती थी।''

वितृष्णा से विकृत उसके चेहरे ने मुझे उसकी बात से भी ज्यादा आहत किया था। ''बासू मेरा दोस्त है···सिर्फ दोस्त ! मेरा पूरा घर नहीं, पूरा संसार नहीं। और भी बातें होती हैं इसके अलावा जिनमें बाहर वालों का कोई दखल नहीं होता। वैसे भी ऐसा बेघर घर की बातें क्या समझेगा···क्या तुम जानती नहीं कि तुम्हारी शादी में पहले ही दिक्कत पड़···।''

''तभी तो···तभी तो···'' दाँत भींचकर दोनों हथेलियाँ मेरे सामने खोलकर वह चिल्लायी। अगले क्षण उसका तपता चेहरा एकदम डबडबा गया था।

काँपती-कातर आकृति। हिलती, डबडबाती। मुझे देखते देखकर उसने अपना चेहरा दोनों हथेलियों से ढँक लिया और धड़ाके से उठकर बाथरूम में चली गयी।

क्या वह यह कहना चाहती थी कि उसकी शादी में दिक्कत है 'तभी तो' वह बासू को इस तरह भुनाकर अपनी जेब के हवाले कर लेना चाहती है।

माँ कितनी पागल थी, उसे एक घर देने की कोशिश कर रही थी।

''तुम आगे से अपने दोस्तों से घर के बाहर मिला करो।'' माँ आयीं और बिना किसी भूमिका के इस आदेश को मेरे सामने पटक गयीं।

''कोशिश करूँगा,'' यह बात मैंने अपने से कही, माँ से नहीं। कोशिश इसलिए

कि यह अब तक के चलते आये दस्तूर के विरुद्ध था। ऐसा निर्णय माँ ने भी काफी मन्थन के बाद लिया होगा। ऐसा करते वह भी अपने बनाये नियमों का उल्लंघन कर रही थीं। अभी तक वह जम कर मेरे दोस्तों का स्वागत किया करती थीं। छोटा था तो इसे माँ की अपने से बाहर बहती वत्सलता समझता था। बाद में सूझने लगा कि इसमें मुझ इकलौते के प्रति, मेरी संगत-कुसंगत के प्रति एक सूक्ष्म निगरानी का भाव है। इस तरह माँ को मैं और मेरी संगत घर बैठे दिखाई दे जाती है।

और अब यह कहना···मुझे ही घर के बाहर धकेलना···रोक लगाने की क्रिया को उजागर करना···यानी कि माँ चिन्तित हैं। अप्रसन्न ! सोच में।

"मौसी को क्यों नहीं लिख देतीं ?" मैंने उनसे तीन-चार दिन पहले कहा था।

"मौसी क्या करेगी···उसके बस में होता तो यहाँ क्यों भेजती ?"

"यह सब बातें तुम मुझे कभी नहीं बतातीं !" संसार के विकारों से मुझे परे रखने का माँ का रक्षाभाव मेरे लिए कोई नयी बात नहीं थी।

"बताने को क्या है ? नहीं रखा जा सकता था इसे ऐसे कस्बों में। कैरियर देना है तो ढंग से पढ़ाना-लिखाना भी पड़ेगा। और किसी बात का सहारा भी नहीं है पीछे से···।"

तभी मुझे ठीक से पता लगा था, हाथरस जैसे कस्बे में मौसी के इस तरह अकेले रहे होने के बारे में। मेरी लम्बी-चौड़ी जिज्ञासा के बावजूद माँ ने मुझे कम-से-कम शब्दों में यह सब बताया था। "जिस गर्भवती स्त्री का लम्पट-दुराचारी पति उसका धन-जेवर लेकर बाहर से कुण्डी लगाकर रातोंरात भाग जाता है और पास-पड़ोस उसका उद्धार करता है, इसकी तुम कल्पना कर लो ···लम्बी बातों से क्या फायदा···पिछले चार-छः साल से बेचारी कहीं उस जूनियर स्कूल की हेडमिस्ट्रेस बन पायी है···भला हो प्रताप का !" वह मामा का जिक्र कर रही थीं।

तभी समझा था उसे क्यों डाह थी उन छोटी-छोटी छोकरियों से, जो मैडम के भीतर के भीतर वाले हिस्से को अपने अकूत श्रद्धाभाव से नाप लेती थीं और बदले में संरक्षक दुलार की कमाई कर लेती थीं।

"यह तो अच्छा ही है," माँ ने कहा था। "हारी-बीमारी में वह ही तो काम आएँगी बेचारी के। अब अपने बच्चों को अच्छा लगे, न लगे। खुद तो कुछ करेंगे नहीं और मिलना सब कुछ चाहिए। खूब तनाव चलता था माँ-बेटी में···वैसे देखो, यह भी प्यार की भूखी, वह भी पर ···नहीं बनती। यह जो चाहती है उसे वह नहीं चाहती।"

मेरे मन की खिड़कियाँ खुलती जाती हैं। मुझे आश्चर्य होता है, क्यों मेरे मन में यह जिज्ञासाएँ स्थगित रहती आयी हैं। सोचने बैठता हूँ तो सब कुछ उसी उदासीनता के खाते में डालता हूँ जो मेरे मन में उसके प्रति खूब थी। मैंने उसे कभी अपने भीतर

पसरने नहीं दिया, उसके जीवन का दर्शक और आलोचक ही बना रहा था।

"चलो ठीक है, तू इतना उदास क्यों हो गया !" मेरे सोचते-से चेहरे को देख माँ शायद अधीर हो गयी थीं, "जैसे बच्चे होते हैं, वैसे हल निकलते हैं। मैं तो उसके लिए कोई अच्छा कैरियर सोचती थी। कैरियर से कुछ अपनी भी हैसियत हो जाती है, पिछला भूल जाता है। सामनेवाले को भी फर्क पड़ता है, पर देखती हूँ यह तो ब्याह के लिए भी उतनी ही उतावली है।"

•

"कोशिश करूँगा," माँ से मैंने कह तो दिया था निहायत अनुत्तेजित भाव से पर मन में कुछ और था। टाल-मटोल करने से फायदा ! अच्छा है बात हो जाए खुल्लम-खुल्ला। दुखता-टीसता जितना जिसे है, साफ हो। अभी तो मामला यहीं तक है। पापा तक पहुँचा नहीं कि दूसरा रूप ले लेगा। वह दो-टूक बात करते हैं। यह मसला उनके सामने रख दिया जाए तो कहेंगे, एक बार सख्ती से समझा दो···अमल करना है तो करना है। ऐसी जोर-जबर्दस्ती कैसे, वाला तर्क उनके सामने नहीं चलता। उनके लिए शुद्ध अपना जैसा कुछ नहीं होता। घर की नैतिकता चारों छोरों को कस कर बनती है। वहाँ सब हैं, एक अकेला कोई नहीं।

यह तय है कि उस दिन के बाद बासू को उन्होंने निकम्मा मान लिया होगा। वार्तालाप या संवाद में फिर कभी हम दोनों को सम्बोधित नहीं किया। जो कुछ था मेरे लिए था—एक अकेले उनके सपूत के लिए··· ।

क्लास के लिए बासू निकले, इससे पहले ही मैं हॉस्टल पहुँचकर उसे पकड़ लेना चाहता था। इस तरह असमय मुझे देखकर वह अवर्ण हो गया था। उखड़े-से कुछ क्षणों में से वह मेरे देखते-देखते गुजरा था, मुँह धोने का या ऐश-ट्रे ढूँढ़ने का बहाना करके।

मैं सन्नद्ध-सा आया था, अछूता खड़ा रहा। मुझे सब कुछ साफ कर लेना था बिना किसी भूमिका के। वह आया तो तौलिया अभी भी उसके हाथ में ही था, जिससे वह यों ही अपने चेहरे को थपथपा रहा था···शायद उस अटपटेपन से बचने के लिए। हमारे बीच यह एक नयी किस्म की असुविधा थी।

उफ् ! क्या विडम्बना थी। हमारे बीच यह भी होना था कि मैं बासू की बगल में न बैठ कर उसके सामने बैठूँ, जवाब-तलब करने।

उस कुछ की, चाहे मैं व्याख्या न भी कर पाऊँ फिर भी कुछ हुआ था कि इस विचार मात्र से मेरे मन में चढ़ते तनाव में महीन-सी सेंध लग गयी।

''क्लास कितने बजे है ?'' मैंने सहज होकर ही पूछा।

''क्लास की कोई बात नहीं···बंक कर देंगे···ऐसी कोई जरूरी नहीं है।''

बात फिर भी ठहरी ही रही थी, इधर-उधर के पार्श्वों में भटकती रही थी। यह अटपटापन उसके-मेरे बीच सरकती आ रही कृत्रिमता को भी उजागर कर रहा था। अब क्या पहले की तरह जमकर बातें नहीं हो सकेंगी। मैं बिछल गया था। मैंने मन से सारे काण्ड को किसी दूसरे अनुकूल अवसर तक स्थगित कर दिया था। राहत हुई थी।

''अभी तो चलता हूँ···कल आऊँगा। छह बजे की क्लास के बाद,'' मैंने प्रिपरेटरी क्लास ज्वायन कर रखी थी।···

इसका अर्थ था वह मेरे घर आने का उपक्रम न करे, यहीं रहकर मेरी प्रतीक्षा करे।

उसने इस मनाही को देख लिया था साफ-साफ। मैं संकोच में पड़ गया था। "माँ-पापा को कुछ बातें नागवार गुजरती हैं, तुमसे क्या छिपाना," मैं झट अदृश्य माँ के सिर पर सब कुछ थोपकर उसकी बगल मे आ खड़ा हुआ था, पुराने अन्दाज में।

कौन-सा भाव उसके चेहरे पर अंकित हुआ होगा, इसे देखने का साहस मेरे भीतर नहीं था। दरवाजे की कुण्डी पर नाखूनों द्वारा बजायी जाती नन्ही-नन्ही टक-टक मैं सुन रहा था।

''मैं जानता हूँ···समझता हूँ···बुरा भी लगता है,'' उसकी मुलायम संजीदा आवाज ने मुझे एकदम उबार लिया।

''मुझे गलत मत समझना,'' मैंने भूमिका तैयार करनी चाही पर उसे मेरी बात में कोई दिलचस्पी नहीं थी। बोझ उसके मन पर था, उसे हलका करना था।

''देखो विशाल, नीरा बहुत दिलेर है···यह दिलेरी ही उसके दुर्भाग्य का कारण बन सकती है, इससे डरता हूँ···वह इतना कुछ चाहती है···शी वाण्ट्स कान्स्टेण्ट लिस्सनिंग···कान्स्टेण्ट पैटिंग···जैसे वह कोई एक इन्सान न होकर जख्मी पोटली हो···''

''गलत है,'' मैं तप गया था, ''अपनी असली परिस्थितियों की मार तो उसे कभी सहनी ही नहीं पड़ी। हमेशा बचा कर रखा गया, बल्कि उसके कारण···''

''यह सब बातें उसे बनावटी लगती हैं'', बासू शायद पहली बार सुनने के धीरज में नहीं था। ''वह किसी का विश्वास नहीं करती ! बचाव की पैमायश खुद करना

चाहती है···खुद सब कुछ आजमाना चाहती है, और जानते हो, वहीं कहीं वह मुझे शामिल कर लेती है। मुझे पा लेना चाहती है समूचा···बॉडी ऐण्ड सोल। बल्कि एक दिन तो···''

मेरे कान खड़े हो गये थे पर उसके वाक्य ने अधबीच इरादा बदल लिया था। सिर झटकारते बोला, ''पा सकने को महसूस करने के लिए वह किसी भी हद तक जाना चाहती है ···मेरा मतलब है, जा सकती है। मैं खुद उसके दुस्साहस से डरता हूँ। अपने लिए नहीं, तुम सब के लिए···मेरे लिए वही असली लगाम है··· । बुलाती है तो जाना पड़ता है। न जाओ तो···नीचे से ऊपर तक धोकर रख देती है। कितनी आग और कितना विष है उसके भीतर···तुम थोड़ा अलग होकर सोचो न···मेरी ओर से ! थोड़ी देर के लिए भूल जाओ कि वह तुम्हारी बहन है।''

''तुम ही उससे शादी क्यों नहीं कर लेते ?'' कितनी-कितनी तरह के तनाव में छटपटाते मेरे मुँह से निकल गया था।

''शादी कर लूँ ?···मैं ?···उस बच्ची से ? उसमें अपने बराबर की औरत ढूँढ़ने बैठूँ ?···मैं तो वैसे भी···मेरे इरादे और नतीजे तुम बखूबी जानते हो। यह तो संयोग की बात है कि मैं उसे अपने सामने खड़ा मिल गया···यह रवैया वह किसी और के प्रति भी रख सकती थी। वैसी हताशा उसमें है बाँधने-जकड़ने की, पर वह तो दो दिन में ही बड़ी हो जाना चाहती है।''

''तो···तो फिर,'' इतनी सूचनाओं से मेरा सिर चकरा गया था।

''जूझने दो थोड़ा। खुद लड़कर पार पाएगी तो शायद उबर भी जाएगी··· ।''

''पर···''

बासू ने पूछने के संकट से खुद ही मुझे उबार लिया, ''मैं कौन-सा चैन में हूँ। इस गोरखधन्धे से मैं खुद निकलना चाहता हूँ। मेरी अस्वीकृति उसे किस जगह पर कम-से-कम आहत करेगी, इसे जाँच रहा हूँ। मेरा तो अपना भी हिसाब-किताब गलत हुआ जा रहा है जिन्दगी से।''

आग के निकट पानी बने रहने का संयम···यह दीक्षा कितनी दुरूह है, इसे शायद बासू

नहीं जानता था। जानता होता तो···

मैं आश्वस्त बैठा था। उससे हुए वार्तालाप की सुनहली मंजूषा को अपनी पालथी के नीचे दाब कर। माँ के मन में उठती संशय की नोकों को अपनी उग्रता से पीसता। धूप में बाल न सुखाये होने और नाजुक उम्र के आवेश की चर्चाओं को मैले पानी की तरह बाहर फेंकता। बात विचार को वहन करती है जिन्दगी को नहीं, जैसे सत्य की अवहेलना करता।

"तुम सच में उसे नहीं जानती माँ !" एक लौह पुरुष की छवि मैंने माँ के सामने अड़ा दी थी।

मैं खुद ही सोचने बैठा होता तो जान जाता कि ऐसा होता है क्या कि लपट में घी की धार पानी का स्वभाव लेकर गिरे अतः जो होना है वही हो रहा था। घी घी की तरह जल रहा था—तड़तड़ा कर। आग आग की तरह दहक रही थी—दोहरी प्रज्वलित होकर।

बासू आता था। यथासम्भव बना रहता था। नीरू की उपस्थिति के घेरे में भिनभिनाता। माँ की आग्नेय आँखों की अवहेलना करता। उसकी आँखें, नाक, कान, सब बोलनें लग गये थे। उत्तर माँगने लग गये थे। उत्तर मिलता था···असन्दिग्ध, अचूक। मुझे लाँघ कर। मेरी जरूरत उन्हें थी भी तो बाहरी रूप से एक आड़ की तरह। वैसे भी विवाह की बात चला कर मैं अपनी इच्छा और अनुमति को पहले ही उसके हाथ थमा आया था। वह अनुमति, लगता था, उन दोनों के बीच रद्द नहीं मानी गयी थी।

मैं उद्विग्न था। ठगा-सा। दुचित्ता। बासू को हक है कि वह अपने बारे में कुछ भी करे, बासू को हक नहीं भी है कि वह हमारे परिवार में कुछ भी करता रहे।

यह सब समझते हुए भी मैं क्यों उन सब बातों का खुलासा नहीं करता। होस्टल के कमरे में बैठकर हुई उस दिन की बातों का हवाला क्यों नहीं देता। क्या था जो इस औचित्य के प्रति मेरे साहस को सोख रहा था···

असल में बासू के भीतर जो एक नया अन्तरंग संसार जागृत हुआ था उसमें अपना प्रवेश नहीं था। उस पर अपने अधिकार की वह निधड़क हार्दिकता अपने ही भीतर कहीं निःसत्त्व होती जा रही थी। एक नयी-सी झिझक मेरे पैरों को प्रतिबन्धित करती, जैसे कि वह दोनों यदि कमरे में होते तो मैं चप्पल फटकारता हुआ भीतर घुसता। वह क्या था जो मैं देखने से डरता था या जिसके होने को मैं पहले ही मन में धर लेता था।

पिक्चर में, पिकनिक में, नाटक में हम तीनों साथ होते तो सिगरेट पीने के लिए पहले की तरह निश्शंक होकर उसे खींचकर मैं अपने साथ नहीं ला पाता था। मुझे लगता था, उन दोनों के मन में मेरे जाने का इन्तजार धधक रहा है। मेरी अनुपस्थिति

के छोटे से छोटे क्षण को भी वे साँझे परितोष में परिणत कर लेने को उतावले हैं।

एक अनदेखा तनाव घर में साँस लेने लग गया था। माँ थी कि मेरी सामर्थ्य को कुछ ज्यादा करके जाँच रही थी। मैं होने दे रहा हूँ यह सब···आँखों के सामने।

वह नहीं जान सकती थी मेरे पैर कहाँ और क्यों रुकते थे, मुझे क्यों बेगाना कर देते थे। मेरे पहुँचते ही उन दोनों के बीच पसरी बातों के प्रसंग बदल जात हालाँकि मन में छूटी बातों की सिहरन चेहरे पर हिरती-फिरती दिखती। सामने के दृश्य-पटल में लौट आने का नकार उन दोनों के चेहरों को एक अटपटे अवरोध से बाँट देता। मुख कुछ और बोलता, आँखें कुछ और कहतीं।

बासू का यह रूप मेरे लिए नितान्त नया था—नरमाया-सा, हार्दिक, कच्ची धूप की तरुणाई में अपने को पसार देने के लिए व्याकुल। क्या वह उतना विनीत, उतना पालतू हो सकता है, जितना किसी स्त्री की कल्पना का पुरुष होता है।

माँ उस दिन बहुत-बहुत तनाव में थीं। घर में घुसते ही एक लिस्ट थमा दीं, "ऊपर वाली दवा ज्यादा जरूरी है, बाकी की चीजें तो बाद में भी आ सकती हैं।"

यह आदेश लाइब्रेरी से सारे दिन के बाद घर आने के तुरन्त बाद मिला था। खाने-पीने-पसरने की चिन्ता को लाँघ कर यह रवैया माँ की ओर से नया है।

उत्तर में मुझे घड़ी देखते देखा तो बरबस बरस पड़ीं, "वह आज नहीं आएगा···जाओ तुम अकेले··· ।"

मेरी "क्यों" के उत्तर में माँ का चेहरा तमतमा गया। बोलना चाहने और न चाहने की दुविधा चेहरे को कम्पित जैसा कर गयी।

"क्या कुछ कह गया था ?"

"कह कर क्या जाता···अब एक दिन में कितनी बार मुँह काला करवाने आएगा", वह दरवाजे तक जाती-जाती पलट आयीं, "मालूम है, मैं चार बजे आयी तो वह यहीं था ···दोनों थे अकेले। मरी को सुबह साथ चलने को कहा था तो पढ़ाई का बहाना मार गयी ···"

कुछ भी सोचने की छूट थी, अतः किसी भी बात की चिन्ता की जा सकती थी। अनुपस्थिति के उस खेप को किसी भी दुःशंका से भरा जा सकता था।

"तुम इतना उलटा-सीधा सोचती हो तो बासू से ही उसकी शादी क्यों नहीं कर

देतीं?··· पापा से इस बारे में बात क्यों नहीं करतीं ?"

"यह त कह रहा है?···अभी तक तो सौ-सौ बातों पर त ही इसके विरुद्ध था।''

''अभी आता हूँ।'' कहकर तीर की तरह मैं घर से बाहर निकल गया और उसके होस्टल पहुँच कर ही दम लिया।

''आओ'', उसने खिलकर मेरी अभ्यर्थना की थी। मैंने नहीं ली थी।

झिझक, आपसदारी, मुरव्वत कुछ भी मुझे दबोचे, उससे पहले ही मैं, ''लुक, दे डोण्ट वाण्ट यू देयर···माय पेरेण्ट्स। यह उनका घर है···उनका। मेरा नहीं···नीरा का भी नहीं। इन व्हाट अदर वे आय हैव टु टेल यू दिस···''

''मुझे भी मालूम है, यह उनका घर है···उनका रुख भी जानता हूँ···बुरा भी लगता है। अन्धा नहीं हूँ पर मैं अकेला क्या कर सकता हूँ !''

''कर सकते हो···इनकार कर सकते हो। बुलाती है न···मत जाओ। जाना है तो कोई और ठिकाना ढूँढ़ो···यू काण्ट डू दिस टु मी···टु देम ···मैं बेवकूफ था, तुम्हारी बातों से निश्चिन्त हो गया था···तुम्हारा विश्वास कर लिया था।''

''मैं जानता था, तुम उसी बात का हवाला दोगे,'' मेरे इतने तैश के बाद भी वह उसी तरह निश्चल निरुद्वेग बैठा रहा···पलँग की पाटी पर टिका-सा।

''हाँ ! दूँगा, क्योंकि तब तुम इतने स्वार्थी नहीं हुए थे।''

अब वह असल में तिलमिलाया, ''तुम्हें गाली देना है तो दो, पर समझो तो···कुछ तो समझो। कितनी-कितनी ऐग्रेसिव है वह···धोकर रख देती है और मैं एक इन्सान हूँ ···एक पुरुष···नपुंसक तो मैं भी नहीं हूँ। कोई कहाँ तक बच सकता है। तुम समझते हो, मैं छीन रहा हूँ···'' उसने खड़े होकर मेरे दोनों कन्धे थाम लिये थे। आँखों में आँखें डाल कर मेरा सामना करते बोला, ''यह क्यों नहीं समझते कि मैं अपने को बचा नहीं पा रहा हूँ। मैं भी भूल जाता हूँ कि वह तुम्हारी बहन है और तुम लोग यह सब नहीं चाहते।''

''तो तुम शादी क्यों नहीं कर लेते ?''

''शादी ?···वह क्या करेगी शादी?···तुम नहीं समझ पाओगे। शादी अभी उसे विश्वास लायक चीज नहीं लगती। जब लगेगी तब लगेगी। अभी तो ऐसे छिटकती है···''

अब चौंकने की मेरी बारी थी। अबूझे अदृश्य की खोह में लुढ़कने की···

''तुमने पूछा है कभी ?''

''हाँ, पूछा है'', उसके ललाट पर बूँदें चमक आयी थीं।

हवा हाँफती-सी कमरे में ठहर गयी थी। चुप्पी को ठेलता मैं उठा था और चला आया था।

उसके बाद बासू कई दिनों तक नहीं आया था। उसके न आने का क्षोभ मेरी शान्ति पर लदता गया था, नीरा को देखते, वह व्याकुल दिखती थी। बड़बोले अधीरज में।

उसे फड़फड़ाते देख मन में आया था कि कह दूँ, मैं उसे मना कर आया हूँ पर इस कहने को उस तक लाने की जो दुरूहता थी, उसे तो मैं ही जानता था। लगता था कितने ही छोर मुट्ठी में भींच कर बैठा हूँ, मुट्ठी खुली नहीं कि···

"तुम्हें ठीक लगे या न लगे, आज मैं बासू के हॉस्टल जाऊँगी," उसने मुझे उठते ही सूचना दी थी।

"बासू यहाँ नहीं है···बाहर गया है।"

"तुम झूठ बोल रहे हो···कल मैंने उसे रास्ते में देखा था।"

"आ गया होगा। आ गया है तो आएगा ही। कोई नयी बात तो नहीं है न ?"

"नयी बातें तो बहुत-सी हो सकती हैं पर···" बाकी का वाक्य वह चबा गयी थी। जाने क्या कहने को थी···।

मैं इस बीच स्थिति की नजाकत को भाँपते हुए बासू को फोन कर आया था आने के लिए। आवा-जाही के उस नये चलन को जड़ से काटने की मंशा से। वह हॉस्टल जाती उससे तो यही ठीक था।

शाम को, स्कूटर पर मैंने किक लगाया ही था कि बासू आया। मैं और वह क्लब में बैडमिण्टन खेलने जाने के उपक्रम में थे। वह पीछे की सीट पर उचककर बैठने को ही थी कि उसे देखते ही उतर गयी।

"हलो विशाल, हलो नीरा।"

"यू हार्टलेस बूट," नीरा ने दाँत पीस दिये।

इस बात के उत्तर में बासू उसकी ओर नहीं, मेरी ओर उन्मुख हुआ था। उस लदी हुई, 'हाथ कंगन को आरसी क्या' वाली दृष्टि की नोक से मुझे बींधता। इस दृष्टि ने मुझे समझदार और अस्थिर भी बनाया।

"चलो, तुम भी चलो, हम बैडमिण्टन खेलने जा रहे हैं।"

"कोई जरूरी भी नहीं है जाना", वह तुरन्त बोली।

मुझे लगा वह जाँचना चाहती है, कहाँ बने रहना ठीक होगा,अधिक तुष्टिकारक। फिर एक निगाह उसने अपने परिधान पर दौड़ायी और बासू को घूरने लगी।

आसपास को भूल जाने वाली वैसी ही नुकीली उत्कट दृष्टि बासू के चेहरे पर बिछ गयी प्रत्युत्तर में। लगा इतने दिनों में जितना सँभल कर आया था, उखाड़ दिया गया है। घूर-घूर कर ···आँखों की राह उसके समूचेपन में प्रविष्ट होकर।उसे आमूल उद्वेलित करके।

बासू लाचार और उद्वेलित एक साथ दोनों आवेगों की गड्डमड में झूलता हुआ …आत्मविस्मृत।

यह दृश्य यदि अपने सामने न देखा होता तो कभी समझ ही न पाता कि कितनी नन्ही-सी चितवन भी कितने गहरे आवेश का कारण बन सकती है। एक नन्ही-सी टेर आत्मसत्ता के अतल में बैठी इतनी सब ध्वनियों को जब निमिष में जगा लेती है तो उद्‌गम के बारे में सोचना पड़ता है। इस हार्दिकता तक आने के इतिहास को खखोलना पड़ता है।

"चलें क्या ?" मैंने उस टकटकी को तोड़ा था ।

वह लटक गया "हाँ" और "न" के बीच टँग गया । धीरे से बोला, "इससे पूछो।"

"मुझसे क्यों पूछो ?" वह चटक कर बोली, "तुम्हारा अपना दिमाग नहीं है ?"

"वह तो तुमने खराब कर रखा है", मैं था ।

"तुम बीच में मत बोलो", उसने मुझे झिड़क दिया ।

बासू कुछ कहने को हुआ था, पर चुप रह गया, सम्भवतः मेरे कारण । मुझे लगा, वह दोनों मिलकर इस बात को तय करना चाहते थे कि क्या फायदे-मन्द होगा…घर या क्लब। कहाँ अपना-सा समय गुजारा जा सकता है, और यह बातें अपनी चौखट में उसे खुद तय करनी चाहिए थीं, जिसका बोझ वह बासू पर डाल रही थी।

तनिक-सा टहल आने को मैंने पैर बढ़ाये ही थे कि बासू ने मेरी बाँह थाम ली, "तुम कहाँ जा रहे हो…चलो, सब क्लब चलते हैं।" उसके इस फैसले में कितना कुछ शामिल था, कितना बचाव , सधाव, कितनी शृंखलाबद्ध बातें…

किसी भी बात में अब मेरा चित्त नहीं था । मुझ पर एक ही बात हावी थी—बासू तब आक्रान्त नहीं था। अब है। तब ऐसी लाचारी नहीं थी, अब है।

आगे जो कुछ भी हुआ था, वह भी होता चला गया था--लगभग अप्रत्याशित ।

बात चावला दम्पती की ओर से आयी थी चल कर। उनकी पहल से। लोगों

ने नीरा को देखा था क्लब में और उन्होंने प्रस्ताव भी रखा था, लड़के वाला होने की पारम्परिक लीक लाँघकर। आधुनिक और प्रगतिशील होने की आत्ममुग्धता को अपने विवरणों में पसारते हुए।

समाज के सेवानुमा काम श्रीमती चावला पर अनेक थे । वह कई-कई संगठनों की कार्यकर्त्री और अध्यक्ष थीं। श्रीयुत् चावला उन वर्षों में विदेश रहे थे, जब सात समुन्दर पार जाने और आत्मीयों से वियुक्त हो जाने का भय वास्तविक माना जाता था। उस लोभ को असम्भव सिद्ध करके वह स्वदेश लौटे थे, स्वदेश की आलोचना के लिए एक तुलनात्मक परिप्रेक्ष्य कमा कर। दिसम्बर की लम्बी छुट्टियों में छोटी जगहों के सुप्तप्राय हो जाने से ऊबकर दिल्ली-बम्बई के रंगारंग बने रहने का आकर्षण उन्हें यहाँ दौड़ाया करता है। यह बात श्रीयुत् चावला ने अपनी नफासत-पसन्दगी के हक में बयान की थी। उस समय भी इसी प्रसंग में वह अपने राजधानी-प्रिय बहन-बहनोई के पास आये हुए थे—वह, उनकी पत्नी और उनका इकलौता रमण। उनका एक अकेला उत्तराधिकारी ।

फिलहाल तो चावला इण्डस्ट्रीज कई तरह की मशीनों के छोटे पुर्जे बनाती थी, पर सात-आठ एकड़ जमीन के परिसर में कितनी ही ऐसी योजनाएँ सोयी थीं, जिन्हें पिता-पुत्र को उर्वर कर देना था। सब कुछ था उनके पास। उन्हें अब चाहिए थी एक पढ़ी-लिखी, सुन्दर-लम्बी लिबरेटेड लड़की, जो उनके घर के ग्लोबल वातावरण में पनपी महत्त्वाकांक्षाओं के तेज को सोख सके ···चौंधियाये नहीं। जिसकी अपनी सत्ता मुलायम और चोखी दोनों हो।

ये बातें नीरा में कैसे मापी गयी थीं, मैं एकदम नहीं जानता। कल्पना भी नहीं कर पाता। 'न्यू यीअर ईव' पर अपनी सुध-बुध भूलकर उन्होंने बासू के साथ उसे नाचते देखा था।

बासू और नीरा तथा एक और नवयुग्म। ये दो ही जोड़े थे जो अन्त तक फ्लोर पर बने रहे थे। बाकी सब बारह की टंकार के बाद के सघन और उन्मत्त आवेग से चूर होकर बैठ गये थे।

"बहुत ही ग्रेस है भई इस लड़की में", श्रीमती चावला की टिप्पणी थी। पास ही खड़े पाइप पीते चावला भी मुग्धा रहे थे, प्रीत-प्राण हुए जा रहे थे । "साथ में यह लड़का कौन है ?" उन्होंने पापा से पूछा था।

"मेरे बेटे का दोस्त है।"

"क्या कुछ तय है, इन दोनों का आपस में ?"

"ऐसा कुछ नहीं है", माँ ने उत्तर देने की जल्दी की थी।

माँ उमगा गयी थीं। न किसी इतिहास की पूछताछ, न जात-पात का भूगोल, एकदम दूसरी तरह के गुणों पर ध्यान, जिन्हें माँ कुछ विशेष नहीं समझती थीं। उन

सब बातों के घालमेल को वह सब 'पर्सनैलिटी' और 'सॉफिस्टिकेशन' का नाम देते थे।

"ऐसे होते हैं खानदानी, गुदड़ी में से हीरे को ढूँढ़ लेने वाले", माँ ने खुलासा किया था।

मैं चिढ़ गया था, 'हीरा और गुदड़ी' यह माँ को क्या हो गया था। तुला के दोनों ही पलड़े वह किस विधान और किस ज्ञान से तोल रही थीं पर वह सब कुछ शायद माँ की खुशी का अतिरेक था, जो अपने आपको खारिज करते भी आहत नहीं हो रहा था ।

पहले नीरा की फाइनल परीक्षाएँ···बाद में विवाह का उपक्रम। यह दलील पापा ने ही दी थी जो सख्ती से नामंजूर कर दी गयी थी। उनके तर्क अनेक थे। घर भरा-पूरा है। कौन-सी नौकरी करवानी है, जो बसों में धक्के खाती फिरे। ढेरों नौकर-चाकर हैं, कौन पकाना-राँधना है, जो वहाँ पढ़ाई न हो सके। बल्कि अच्छी हो सकेगी। रमण भी देखता-समझता रहेगा। दोनों को संग-साहचर्य भी मिलेगा।

माँ-बाप लाख आधुनिक हों, संग-साथ तो बराबरी का ही चाहिए होता है, नहीं तो ऐसे में टेढ़ी-मेढ़ी लत···चावला साहब खुद ही दलील को मोड़ ले गये थे। साथ ही जल्दी शादी हो इस एक शर्त के अलावा किसी और शर्त के न होने के आत्म-गौरव को इस लालची मूल्य-रिक्त युग के परिप्रेक्ष्य में बखानते भी रहे थे।

"इसकी माँ से तो बात कर लें ?" माँ ने डरते--डरते पूछा था।

"करिए···जरूर करिए···बुला भी लीजिए। हम भी मिल लेंगे", और पटाक्षेप। इस मामले से जुड़े सभी पक्षों का निराकरण केवल एक ही अनिवार्यता में होता था—कन्यारत्न को घर ले जाने की अविलम्ब आकुलता।

हमारी चिन्ताएँ एकदम अलग और सघन। निवृत्ति के पहले ही क्षण, माँ ने मुझे अलग बुलाकर कहा था, "अब यह तुम्हारी जिम्मेवारी है। मैं जानती हूँ वह बासू को लेकर हठ करेगी पर उसे समझाना। जिन्दगी और चीज है, प्रेम-व्रेम और चीज। फिर ऐसा और कौन मिलेगा जो किसी और बात को न देख कर बस उसे ही देखेगा।"

माँ सच कह रही थीं, मैं भी जाँच-भाँप रहा था पर इस भारी-भरकम भूमिका में अपने टिकाव के किसी अविकल्प बिन्दु को खोज नहीं पा रहा था। वह सब मेरे सामने धूमिल था।

माँ को क्या पता कि मुझे तो उनकी प्रगाढ़ता भी कुछ और बोलती लग रही

थी। दिनोंदिन पेचीदा होती जा रही थी। दो दिन पहले ही कॉलेज के समय मैंने उसे होस्टल के सामने वाले बस स्टैण्ड पर खड़े देखा था, बासू की प्रतीक्षा कर रही होगी, कौंधा था। मैं घिर गया था—यह चोरी का मिलना-जुलना···किस तरह की प्रगाढ़ता के लिए ? माँ-पापा के लिए अब कौन से अभिशाप की परछाई···

अब, अचानक माँ मुझसे जो चाह रही हैं, क्या वह सम्भव है ? उन दोनों की अभिन्न आत्मीयता और मेरी विपन्न विश्वसनीयता। मेरे और नीरा के बीच की पारस्परिकता हमेशा ही हथौड़े के नीचे रही है और बासू के सन्दर्भ में तो और भी धज्जी-धज्जी होती गयी है। मान लो, बातें जो कहनी हैं, कह ली गयीं, ढुरका भी दी गयीं पर उससे क्या सधेगा ! विश्वास के बिना निःसम्बन्ध परती का बंजर कैसे भेदा जाएगा।

संकट यह भी कि इस करने को करना ही है।···माँ करेंगी पर माँ तो माँ की तरह करेंगी। सीधे-सादे आदेश-निर्देश देकर फल की कामना करने लगेंगी···माँ को पता क्या है कि यह काम कितना कठिन है···नीरा की युद्धोद्यत मानसिकता के रहते। जब मुझे ही इस व्यूह में घुसना इतना श्रमसाध्य लग रहा है तो माँ···

कमरे में घुसी थी तो क्लान्त-सी लग रही थी।···मेरे मन में कीड़ा बैठा था पर मैंने सहज होने की ठानी थी।

"आज देर नहीं हो गयी तुम्हें ?"

"क्या मतलब ?" सैण्डिल खोलना छोड़कर वह तुनक कर मेरी ओर देखने लग गयी।

"कुछ नहीं ···मैं ही शायद जल्दी आ गया हूँ।" मैं एकदम चौकन्ना हो गया था। हवा के रुख को साधना जरूरी था।

मुँह धोने के बाद वह बाहर गयी थी और प्लेट में चिउड़ा लेकर वापिस आ गयी थी। "खाओगे ?" उसने मेरी ओर अपनी प्लेट बढ़ायी थी, जिसमें दो चम्मच रखे थे। अभी-अभी खाकर चुका हूँ, ऐसा मैंने उसे कहना नहीं चाहा और चम्मच हाथ में लेकर खाना शुरू कर दिया। प्लेट तक मेरा भी हाथ पहुँच सके अतः वह निकट ही बैठ गयी थी। मैंने सरसरी साधारण बात का सहारा लिया था।

"वह लोग कल शाम आ रहे हैं। पता है न ?"

"पता है।"

"तुम्हारा क्लास तो कल खत्म हो जाएगा न ?" मैंने बात बढ़ाने की गरज से पूछा था।

"तुम्हें जैसे मालूम नहीं···तुम बड़े ड्रामेबाज हो।"

"इसमें ड्रामे की क्या बात है ···आजकल एक्स्ट्रा क्लासेज नहीं चलतीं क्या तुम्हारी ?"

"जनवरी में ?"

"मुछे क्या पता···मैं क्या तुम्हारे कॉलेज में बैठा रहता हूँ।"

"कोशिश तो पूरी करते हो", कहकर वह झटके से उठ गयी थी, पर प्लेट को मेरे सामने ही रखती गयी थी।

"खा लो तुम···मैं तो खा चुका हूँ।"

"फिर क्यों खा रहे थे ?···मैं कहती थी न ···तुम बड़े ड्रामेबाज हो···"

"तुम्हारे साथ की वजह से खा रहा था।"

"तुम ?···मेरे साथ की वजह से ?···कोई और बहाना सोचते।"

"यू आर ए लिमिट", मैं हार गया था। वह चुप हो गयी थी। घड़ी टल गयी थी। किसी दूसरे अनुकूल अवसर की प्रतीक्षा में स्थगित हो गयी थी। मैंने हाथ में पकड़े छोर को खुद ही नीचे धर दिया था। विरोध--प्रतिरोध करेगी तो देखा जाएगा, तब यह कहना सुगम बन पाएगा।

पर उसने ऐसा कुछ भी नहीं किया था। मुझे लगा था वह विरोध करेगी। अपने और बासू के सम्बन्ध की गम्भीरता और माँ की उतावली में झलकते अविश्वास का गिला करेगी पर वह मुझे आत्मलीन लगी—सोचती-सी। अगली शाम उन लोगों के आने तक एकदम सँभली-सी और संयत। संकोचरहित पर सावधान। जूनियर चावला को भरी-भरी तौलती-सी दृष्टि से देखती। उसके माता-पिता की सविनय अभ्यर्थना करती। साथ आये बुआ-फूफा को अपनी अतिरिक्तता से प्रभावित करती। उसके हाथों की फुर्ती देखते बनती थी।

माँ खुश थीं। मैंने पता नहीं कौन से जादू से काम लिया था। रातोंरात वामन के पैर की तरह इतनी-इतनी असम्भाव्यता को माप लिया था।

पापा पिघले पड़ रहे थे। वह ऐसी आश्वस्त दीखी थी जैसे इस सारे वृत्तान्त में विजित और स्वीकृत हो जाने का एकान्त अधिकार उसका ही है।

मैं कुछ-कुछ दंग रह गया था। कहीं गहरा गड़ा था। किसी अनदेखी दाह ने मुझे ठेल कर बासू की बगल में खड़ा कर दिया था।

लायब्रेरी से लौटते मैं बाजार निकल गया था, घर आने की इच्छा नहीं हुई थी। आया तो देखा वह सज-धज रही है। मेरी टेबल पर जूतों की क्रीम की शीशी रखकर अपनी सैण्डिल की पतली सफेद पटिट्यों पर दनादन मल रही है। मग्न गुनगुनाती हुई। उस शाम के सामूहिक मिलन का यह दूसरा या तीसरा दिन रहा होगा···

"कहाँ की तैयारी है ?"

"क्यों, क्या तुम्हें नहीं मालूम ?"

"मुझे कैसे मालूम !"

"तुम कितना बनते हो, खैर···रोमी इज टेकिंग मी आउट।"

"रोमी कौन ?"—अब तो मैं सच में बन रहा था। इस बीच ऐसे चीनी पानी हो जाने की शीघ्रता पर उसे शर्मिन्दा करने पर तुला था।

"रोमी...यस", वह अपनी एड़ी पर घूम गयी, "मेरा मतलब है, मिस्टर रमण चावला, फ़ुलफ्लैजेड मेकैनिकल इंजीनियर।"

"वह लोग तो कल इन्दौर चले जाने वाले थे।"

"चले गये···रोमी यहीं है···अपनी बुआ के पास।" ···मैं अपने पलँग पर धसक गया था।

उसने सैण्डिल पहन लिये थे और बायीं ओर अपना सिर झुकाकर दायें हाथ से अपने बायें को झूलते बालों पर वेग से ब्रुश करने लग गयी थी। ऐसा करने से उसका दायाँ गाल अनावृत हो गया था। गुलाबी तपा हुआ चेहरा। शिशुवत् स्वस्थ कोमल त्वचा···और ललछौंही मुलायम कानों की लौ।

मैंने उसे पहली बार इस दृष्टि से देखा था—बाहरी दृष्टि से। रोमी की···बासू की···किसी भी पुरुष की दृष्टि से। अपने भाईपन को क्षण भर के लिए परे ठेलते हुए।

मुझे लगा था वह सुन्दर है। आकर्षक। वैसा सलोना लावण्य से भरा आकर्षण नहीं···जो धीरे-धीरे भीतर उतरता है, आदीप्त करता है पर वैसा जो उद्‌बोधक है। सम्बोधित करता है, चुनैती देता है और पुरुष में बैठे पुरुषत्व को घड़ी भर में ही एड़ियों पर खड़ा कर दे सकता है।

खूब-खूब सुगम लगा था उस समय बासू को देख पाना। आमने-सामने खड़े उसकी खण्डनीयता समझ पाना। उसकी लाचारी इस समय एकदम पारदर्शी होकर दीखी थी।

"कब तक आओगी ?"

"मैं कैसे बता सकती हूँ !"

"बासू आया तो···?" शायद मैंने उसे कोंचना चाहा।

अपने रँगे नाखूनों से दाँतों को किटकिटाती वह थोड़ी देर सोचती रही फिर बोली, "टाल देना ···या फिर तुम्हीं बता देना ···"

"क्या···?"

"यही, जो कुछ हो रहा है।"

"सोच कर कहलवा रही हो न ?"

"किस बारे में ?"

"अपने और रोमी के बारे में···अभी तक तो तुम बासू से···" मैं बीच में कहीं लड़खड़ा गया था।

"यह सब बातें तुम बासू से ही क्यों नहीं पूछ लेते। हमेशा ऐसे ही बिहेव करता रहता है जैसे मैं ही उस पर लदी जा रही हूँ···तिकड़मी, ब्रूट।"

चेहरे पर इन सद्वचनों से जो तरेर आयी, दूसरे क्षण बैठ गयी। अब वह रैक्सीन के बने बैग की जिप खोलकर उसमें से कुछ टटोल रही थी। दूसरे ही क्षण इत्र की छोटी-सी शीशी उसके हाथ में थी।

इत्र की कुछ बूँदें अपनी उँगलियों पर छलका कर उसने पहले कान के पीछे मलीं। फिर उसी दहकी हुई खुशबू की एक टीप अपनी पोर पर डालकर जीभ की नोक पर रख ली। इस क्रिया में निहित भाव को लक्ष्य करना मुझे विमूढ़ कर गया। पलँग पर बैठा मैं उसका सजना-सँवरना देखता रहा। मेरी उपस्थिति से वह अलिप्त बनी रही।

कॉलबेल की आवाज···और वह एकदम त्वरा मे आ गयी, "लो, रोमी आ भी गया। उसने आठ बजे कहा था···और अभी तो पौने आठ ही बजे हैं···तुम प्लीज बाहर चले जाओ···थोड़ी देर उसके पास जाकर बैठो।"

मैं जैसा रीता-सा बैठा था, बैठा रहा। रागहीन। शिथिल। उठने की चेष्टा मेरे भीतर नहीं जन्मी।

"मैं जानती हूँ, तुम नहीं जाओगे, तुम मुझसे जलते हो। सब मुझसे जलते हैं, बट आय डोण्ट केयर···"

"वह तो देख ही रहा हूँ।"

बाहर माँ रमण की अभ्यर्थना कर रही होंगी। निहायत ओतप्रोत अन्दाज में। रमण की आड़ में वह कितनी-कितनी चीजों का बचाव बटोर रही होंगी, बेचारी मेरी माँ···

बाल झुलाती, सैण्डिल बजाती वह बाहर गयी थी और दस ही मिनट के बाद पलट आयी थी ।

"सुनो, तुम अपना स्कूटर दे सकते हो क्या हम लोगों को ···इन केस···"

बिना किसी उज्र के मैंने उसे चाबी थमा दी। "थैंक्यू" प्रकट उत्फुल्लता से लपक कर उसने मेरी हथेली दबा दी।

मेरे "सुनो।" कहने पर वह ठहर गयी। "एक बात कहूँ···" जाने किस छोर से मैं उस चिन्ता तक पहुँचा था,"कुछ तय करने जा रही हो तो मौसी को आ लेने देना। आखिर वह तुम्हारी माँ हैं।"

क्षण भर पहले की नरमी उसके चेहरे से भाप हो गयी। वह तन आयी, "इस बारे में तुम्हें कुछ कहना ही है तो रात में कहना···अभी मुझे जाना है···" और वह

लपक कर बाहर निकल गयी।

खुशबू के दहकते हुए झोंके की तरह वह कमरे में घुसी। पौने बारह बजे थे। मैं जाग रहा था सिरहाने के टेबललैम्प के सहारे पढ़ रहा था। घड़ी मैंने बहुत सरसरे से लगते अन्दाज से देखी, फिर भी उसने मुझे घड़ी देखते देख लिया।

"बहुत देर हो गयी", वह सैण्डिल खोल रही थी।

"दरवाजा किसने खोला ?"

"शिब्बो ने···बड़ा होशियार है, स्कूटर की आवाज सुनकर खुद ही खोल दिया जैसे दरवाजे से लगा बैठा हो।"

"नहीं, वैसे तो माँ भी जाग रही होंगी···रमण कहाँ ठहरा है ?"

"बुआ के घर···अरे हाँ, तुम्हारा स्कूटर ले गया है, सुबह-सुबह दे जाएगा··· मिल भी लेगा।" पिछले तीन शब्द उसने फुसफुसाते-से कहे थे, जैसे अपने से।

"कोई बात नहीं।"

खूँटी से अपना गाउन उतार बाथरूम में घुसते-घुसते उसने अपनी नारंगी रंग की साड़ी हाथ बढ़ाकर पलँग पर फेंक दी।

बाहर आयी तो धोयी-धुली-सी लगी···भीतर से छलकती हुई। अपनी उसी अभ्यस्त मुद्रा में पैर लटकाकर पलँग पर बैठती हुई। बोले बिना भी बोलती हुई। उसका आदीप्त उत्सुक-सा चेहरा, संवाद में खुल पड़ने को तत्पर।

"कहाँ गये थे तुम लोग ?"

"अशोका होटल।"

"तुम शायद वहाँ पहली बार गयी होगी ?"

"हाँ। किसी भी फाइव स्टार में पहली बार। मनु की शादी में जा सकती थी पर तुम लोग मुझे छोड़कर चले गये थे।"

"तब तुम बीमार थीं न···खसरे का शक था।"

"शक ही तो था।"

"कोई खास बात हुई रमण से ?"

"तुम हमेशा इतने भोले जैसे क्यों बनते हो···कुछ बात न होती तो मैं जाती ?"

"जरूरी तो नहीं हमेशा बात होने पर ही जाया जाए।"

वह अवर्ण हो गयी। उसी जगह पहुँच गयी जहाँ मेरे भीतर लपलपाती टीस ने उसे पहुँचाना चाहा था। मैं उसे शायद ऐसा अछूता, ऐसा ओत-प्रोत देखने को तैयार

नहीं था।

उसे जाने क्या हुआ था। वह लपककर उठी थी और कमरे में टहलने लग गयी थी। कमरे की छोटी-सी लम्बाई में तेज-तेज टहलना। टहलना थमा तो वह धम्म से पलँग पर बैठ गयी और नाखून कुतरने लगी। मुझे अपने पर आँख गड़ाये देखा तो उठकर खिड़की से जा लगी। बाहर देखने लगी।

क्या था बाहर जो वह देखने को प्रस्तुत हुई थी। ऐसा अँधेरा जो हर आकार-प्रकार, नाम-रूप को निगल लेता है। निस्संग छोड़ देता है।

खिड़की के चौखट से वह हटी तो बेहद उदास-सी लगी। चौखट जाने कैसे उस छलकन को निगल गयी थी, जो वह अभी-अभी साथ लेकर आयी थी। वही क्लान्त बेध्यानी और उसका अचानक पूछना।

"तुम सुबह कुछ कह रहे थे न ···माँ के बारे में ···"

"कह रहा था कि उनके बिना कोई फैसला हो गया तो मौसी को चोट लगेगी।"

"हँSSS, नहीं लगेगी। तुम्हें क्या पता उन्होंने मुझे कितना त्याग रखा है···मनहूस जान कर। दूसरों के हवाले कर रखा है।"

शायद एकाध बार ही वह मुझसे ऐसे बोली होगी। प्रतिक्रिया के रोष के बिना।

"ऐसा भी कितनों से हो सकता है कि वह दूसरों पर इतना भरोसा रखें।"

"यह कोई गुण थोड़े ही है। दूसरों पर भरोसा न रखें तो कौन उनके बच्चे पालेगा। देख लेना, इस बारे में वह कोई खास राय नहीं देंगी। कोई सहारा नहीं देंगी। लाचार बनी रहेंगी। मैं उनको खूब जानती हूँ। सब कुछ मुझे खुद करना पड़ेगा। तुम्हारी तरह थोड़े ···कि बैठे हैं छत्रछाया में···"

लगा था इतनी छोटी वय में वह कितनी ही ऐसी बातें समझती है जिन पर दूसरों का ध्यान भी नहीं जाता। यह सूझ उसे कहाँ से आयी होगी। किस तरह के दर्द ने ये बातें उसे समझायी होंगी।

"तुम्हें ही सोचना है तो तुमने कुछ तो सोचा होगा ?"

"अभी मुझे कुछ पता नहीं।" वह एकदम तड़फड़ा कर उठी थी और कमरे में फिर से चहलकदमी करने लग गयी थी।

इस तड़फड़ाहट में कुछ तो ऐसा था कि मन में आया—पूछूँ कि क्या वह बासू से मिलना चाहती है ? कोई भी राय कायम करने के लिए उसके मित्र भाव का आश्रय लेना चाहती है ? पर मेरे लिए भी सारे छोर अबूझ थे···अधूरी जानकारी से भरे।

"क्या वह आज आया था ?" उसने बासू का नाम नहीं लिया था।

"आया था।"

"तुमने उससे कुछ कहा था कि मैं कहाँ गयी हूँ ?"

"नहीं।"

''जब तुम उससे पूछने जा सकते हो कि मेरे मन म क्या ह ता। उसे बता नहीं सकते कि मेरे मन में क्या है ?''

तो क्या बासू को समझाने के लिए वह मेरी आड़ चाह रही थी ? मैं सकपका गया था। ''पहले मुझे तो पता हो कि तुम्हारे मन में क्या है ?''

आवेग एकाएक बुझ गया था। वह चुप हो रही। मैं प्रतीक्षा करता रहा पर वह नहीं बोली तो नहीं बोली। अकारण ही अन्त आ गया था सवाद का।

''क्या तुम अभी पढ़ना चाहते हो ?''

''नहीं, शायद तुम सोना चाहती हो।'' मैंने लैम्प बुझा दिया था। पसर गया था। पसर वह भी गयी थी। भारी साँसों का एक गूँगा सिलसिला, मुझे लगा उस कमरे में जाग रहा है···अँधेरे की ओट में आँखें खोले। ओझल। असमाप्त।

पता नहीं, वह कब सोयी, मैं कब सोया, पर उसकी हड़बड़ी से जागा। दूसरे की नींद से बेखबर उसकी धर-पटक। वह हड़बड़ायी हुई थी।

''उफ्फ्। उठने में कितनी देर हो गयी। रोमी आने वाला होगा, स्कूटर वापिस करने। मैं तो सच में उसकी ऐसी समय की पाबन्दी से तंग हूँ···इट्स डिस्टरेसिंग···''

''इतना कब से जानती हो उसे ?''—मैंने जुमला कसा था।

''पता नहीं लग जाता इन्सान को एक-दो बार में'', वह दादी जैसे भाव से बोली थी, ''अच्छा इस समय बात करके तुम मुझे हिलगाओ मत···और प्लीज अभी अपना तौलिया भी रख दो । मुझे पहले नहाना है। यू हैव आल द टाइम इन लाइफ···नॉट मी।''

मैं कुर्सी पर बैठा हूँ···देख रहा हूँ···देखता जा रहा हूँ। समझ रहा हूँ ···समझता जा रहा हूँ। दुखी होऊँ या सुखी, इस दुविधा में घुटता।

बासू से मुक्ति।···बासू जैसे व्यक्ति से उसके जैसी लड़की के भविष्य को मुक्ति। यही तो था, जो चाहा जा रहा था इतने दिनों। इतना उद्यम करके। अब वह सब हो रहा था अपने आप ! फिर क्यों···क्यों ऐसी अविश्रान्त दुखन। इस एकाएक के दल-बदल रवैये को जब मैं ही सह नहीं पा रहा था तो बासू ?

''आजकल क्या हो रहा है घर में?'' प्रश्न यह था जो बासू ने हॉस्टल पहुँचते ही मुझसे तुरन्त पूछा था। यही बात उसके मन में सर्वोपरि रही होगी।

जिस त्वरा से उसने पूछा था, उसी त्वरा में मैं उत्तर नहीं दे पाया था। उत्तर जो मुँह से निकला, वह भी सहम-सहम कर निकला। ''बातचीत चल रही है कहीं···नीरा

की··· इन्दौर के किसी रमण चावला से···इंजीनियर है···किसी बिग शॉट का बेटा।''

''उन दोनों की आपस में रजामन्दी हो गयी तो शादी जल्दी हो जाएगी। बहुत ही जल्दी। गर्मी की छुट्टियों से भी पहले।'' यह कथन जोड़ना तो मुझे बहुत ही आवश्यक लगा था।

''लग रहा था मुझे।''

''उसने बताया नहीं तुम्हें ?''

''नहीं।'' वह तो ऐसे देखती है जैसे पहचानती ही नहीं। इस बीच वह उसे इतना, ऐसा कहाँ मिली, मैंने नहीं पूछा।

उसका उतरा हुआ खाली-सा चेहरा। यह दृश्य मेरे लिए नया था—अरुचिकर, असह्य।

उसने सिगरेट जला ली और सामने दीवार की ओर देखता कश खींचता रहा। मैं चाह रहा था, वह बोले। दूसरे तक पहुँचने का कोई और रास्ता है भी तो नहीं, पर वह उस उन्मुखता से खाली था। दूसरी दिशाओं में टहल आया जाए, यह तो और भी असम्भव था।

''जब तुम खुद तैयार नहीं थे, तो कभी न कभी तो उस होने को होना ही था।''

''मैं तैयार नहीं था ? हाँ···शुरू में···पर अब तो वह तैयार नहीं थी, उसे अभी यह सब नहीं करना था शादी-वादी ···बच्चे-कच्चे। अब यह इंजीनियर···बाबू क्या 'अभी' में नहीं आते ? मैं ही रह गया था, ध्वस्त करने को।''

अपने दोनों के बीच घटती इस आपसीपन की बात वह पता नहीं किस पीड़ा में मुझसे कह गया था

'ध्वस्त' शब्द भी मुझे सच नहीं, प्रतिक्रिया की कठोरता का सूचक अधिक लगा था। ध्वस्त करेगी नीरा ? ···ऐसी चपल ! असुरक्षित, आत्मरत, छोटे-छोटे पंजों पर उचककर ऊँची डाल को जकड़ लेने के उतावलेपन में बौरायी एक लड़की···!

और ध्वस्त होगा बासू ? माता-पिता को, घर को, संस्कार को, इतिहास को चुनौती देता, ललकारता, आत्मसत्ता-सम्पन्न बासू···पर प्रतिक्रिया की कठोरता मुझे बासू के भीतर लपलपाते घाव का पता दे गयी।

वह नहीं सोच पाया होगा, मैं क्या सोच रहा हूँ। सोच के गलियारों से गुजरती मेरी खामोशी उसे उस समय अखरी होगी, ''मै जानता हूँ, तुम चुप क्यों हो···क्या सोच रहे हो, यही न कि जब उससे शादी नहीं करनी थी तो मैं वहाँ क्यों खड़ा रहा···कमजोर था ?···खिलवाड़ कर रहा था ? पूछो न। इतने दिनों से इतनी बातें पूछ रहे हो, यह क्यों नहीं ?''

''प्लीज, प्लीज, बासू···''

भीतर से छिड़ा हुआ था वह··· ''बेवकूफ था मैं। लगता था, आय कैन अफोर्ड

टू लूज···नॉट शी। मैं गँवा दे सकता हूँ···अपने सिद्धान्त···विचार···मैं खुद।···रद्दोबदल कर सकता हूँ ···लाचार नहीं हूँ मैं जैसी वह। कितना जूझ-झगड़ रही है जिन्दगी से। किस-किस के कर्मों का भुगतान कर रही है। अब समझा हूँ वह कभी कुछ गँवा नहीं सकती।''

''जानते तो हो कि वह बहुत रिएक्ट करती है।'' मैंने उसे और खखोलना चाहा था, ''कुछ कहा-सुनी हुई होगी न तुम लोगों में ? कौन जाने वह तुम्हें अँगूठा दिखाने के लिए ही ऐसा कुछ कर रही है।''

''कहा-सुनी···हो जाती तो ढाढस रहता। सबके लिए अच्छा रहता ···पर तब वह ऐसा गिनीपिग कहाँ से पाती। पुचकारने-ललकारने से कोई आ जाता है या नहीं, यह पता तो होना चाहिए···। उस दम-खम को आजमाने के लिए मैं उसे जरूरी लगा होऊँगा पर दम-खम का अनुवाद ···इतनी जल्दी ? अभी तो मैं जिन-जिन कन्विक्शंस को मार आया था, उनकी लाशें भी नहीं उठीं। अँगूठा दिखाने की कोई बात नहीं है···उस श्रीमान को वह सच में मुझसे अच्छा समझती होगी।''

झुँझलाकर उसने अपने पसरेपन को समेटा, अधजला सिगरेट ऐश-ट्रे में पीसा और घुटनों पर दोनों कोहनियाँ टिकाकर हाथों के सम्पुट में अपना चेहरा ले लिया। आँखें बन्द कर लीं। किये रहा।

ऐसा करके उसने मुझे अपने से बाहर कर दिया। फालतू। न मैं जा सकता था. न बैठा रह सकता था। ''चलो न, घर चलते हैं, वहीं जाकर चाय पीते हैं।''

उसकी आँखें खुलीं, एकाएक चमकीं फिर अगले क्षण बुझ गयीं, ''नहीं, वहाँ क्या करने जाएँगे। बैठे हैं यहीं, चाय चाहिए तो मँगवा देता हूँ।''

''चलो, कहीं बाहर पीकर आते हैं।''

उसने झड़प से घड़ी देखी और तुरन्त इनकार कर दिया। शायद नीरा का इन्तजार मन में टहल आया होगा। उसके बाद तो फिर वह अटपटाया-सा रहा। मुझसे असम्पृक्त। बँटा हुआ। लगा था, यह बेचैनी भी एक भाषा है।एक अदेखी खिड़की। मैं स्वयं दुचित्ता हो गया था। जाँचने के लिए मैंने जाने की तत्परता दिखायी। उसने रुकने का आग्रह नहीं किया।

''अच्छा फिर···'' मेरे लिए यही उस भेंट का अन्तिम वाक्य बन गया।

घर पहुँचते साढ़े पाँच बज गये थे। पूरा विश्वास था, वह इस समय घर में नहीं होगी। घड़ी की टंकार-जैसी बासू की बेचैनी के प्रत्युत्तर में बासू से मिलने निकली

होगी पर वह वहीं थी। सजी-धजी। अभी-अभी रमण से मिलकर आयी थी। घर जैसे किसी चँदोवे के नीचे चहक रहा था।

मितव्ययी स्वभाव के पापा प्रफुल्लित···माँ प्रमुदित।

"मैं व्यर्थ डर रही थी। रमण नीरा को आपस में ठीक लगा है। अब तुम सब कुछ तय ही समझो। तुम मौसी को एक तार भी दे आना। मैं चिट्ठी तो लिख ही रही हूँ। दामाद को देखेगी तो फूली नहीं समाएगी", कल्पना के अछोर फैलाव में माँ खुद ही मौसी हो गयी थीं और छलछला रही थीं।

मैं हूँ कि तार घर नहीं, बासू के पास पलटकर जाना चाहता हूँ। वह आग हो सकता है तो मैं पानी बन जाना चाहता हूँ। वह पानी होता तो मैं रेत की प्यास की तरह उसे सोख लेता । ऐसा अपारदर्शी दुख···रेशे-रेशे में "हम सब कितने निर्मम अन्यायी हैं।···मैं, पापा, माँ, नीरा और रमण सबके सब एक ओर डट गये हैं और उसे अकेला पटक दिया है।

मैं सच में तार घर नहीं, होस्टल गया था। बासू नहीं था। कमरा बन्द था। थोड़ी देर इधर-उधर टहलता पलट आया था। डिनर के बाद मैं फिर वहाँ गया था। माँ की अप्रसन्नता का बोझ लादकर। वह नहीं था। मैं पस्त-सा हो गया था।

नीरा बच रही थी। बन्द-बन्द थी। पर केवल मेरे सामने। बहुत बहकते चहकते उसने अपने हाथ से खीर बनायी थी और माँ को एक कुर्सी पर बिठाकर आग्रह कर-करके खिला रही थी। मैं बरामदे तक आया था और इस दृश्य को देखकर कुढ़ता चला गया था।

बिस्तर बिछाने वह अन्दर आयी थी तो मुझे लगा था कि वह मुझे भी वह सब बताएगी, जो माँ-पापा की इतनी उत्फुल्लता का कारण बना है। मैं भी तो उसका भाई हूँ, शत्रु तो नहीं।

वह आयी थी और दोनों पलँगों पर चादरें बिछाकर पलट गयी थी। बेडकबर तहाकर अलमारी तक में नहीं रखे।

उसके निःशब्द लौट जाने से मैं भीतर तक तप गया था पर रोम-रोम में प्रवाहित क्षोभ दिशाभिमुख हो गया था। वह मेरे साथ कुछ भी करती है. करे। वह बातें पुरानी और ऐतिहासिक हैं पर बासू···क्यों उसके प्रति ऐसी निष्करुण अवहेलना ! ऐसी परम पारस्परिकता के बदले क्या इतनी भर पात्रता बासू की है? वह क्यों ऐसी है जैसी कि वह है···आत्मरत स्वार्थी···

मैंने उससे बात करने की ठानी थी। रत्ती-रत्ती रोयाँ-रोयाँ उघाड़ देने की। जो होना है वह तो होगा ही···पर पैरों के पीछे छोड़ी कीच कितनी है, यह भी तो पता हो।

इस बार वह निवृत्त होकर आयी थी। खीर की कटोरी उसके हाथ में थी, "लो,

अपना हिस्सा···''

''मुझे नहीं खाना है'', मैं लगभग चिल्लाया था।

''न, न, चलो खा भी लो'' उसने बड़े नये-नीके से स्नेह से भरकर कहा था,''अब कितने दिन···माय टाइम इज अप हियर···''

मैं एकाएक उस नरमाई की पकड़ में आ गया था। सदा के उस उद्धत अहंकारी उद्गम से बहती अलभ्य आर्द्रता से द्रवित हो गया था। तनाव का कुप्पा होता गुब्बारा नेह की नन्ही नोक से निरस्त कर दिया गया था।

उस आवेश से भावावेश तक आते मैं खुद ही हिल गया था। आत्मरहित हो गया था।

कुछ भी हो, बासू को मिलने की प्यास वैसी की वैसी भड़की हुई है। मन के भीतर जो मेरा दूसरा मन है, वह बासू से बिंधा है। एक ही दृश्य है जो मन को बाँधे है। नीरा देख रही है और बासू विचलित है। लग रहा है नियम और सिद्धान्त सब झूठे दावे हैं। सच वह है, जो उस दिन हो रहा था। नीरा देख रही थी, बासू विचलित हो रहा था। ऐसा न होता तो बासू इतना लस्त-पस्त, इतना ध्वस्त-सा क्यों मिलता। नीरा के लिए उत्सर्ग···ऐसा है तो फिर उसे इतना हताश क्यों होना चाहिए ? क्या यह मैं हूँ···बासू का अभिन्न विशाल, जो बासू को पराजित पराभूत नहीं देखना चाहता और ध्वंस भी ऐसे हाथों से जिन्हें आज तक कोई महत्त्व नहीं दिया। सामर्थ्य का धनी टूटेगा भी तो फुसफुसाकर तो नहीं बैठेगा।

मैं पहुँचा था तो इतने दिन चढ़े भी वह पलँग पर पसरा था। सिगरेट फूँकता। पास रखी ऐश-ट्रे सिगरेट के टुकड़ों से पूरमपूर। आँखें ऐसी कड़वी-कोरी जैसे रात भर पलक तक न झपकी हो।

मुझ पर नजर पड़ते ही पहला काम जो उसने किया, लपककर ऐश-ट्रे उठायी और कूड़े की बाल्टी में पलट दी और तेजी से कमरे से बाहर निकल गया। छिपने की उसकी इतनी छोटी-सी चेष्टा भी मुझे चिथड़ा-चिथड़ा कर गयी थी। आया तो हाथ-मुँह धोकर आया था—स्वस्थ, निवृत्त-सा होकर।

''कल रात मैं दो बार इधर आया था···कहाँ गये थे ?''

''बस, ऐसे ही···इधर-उधर'' एक स्मित-सा उसने अपने भीतर से उगाहने की चेष्टा की जो फली नहीं थी। उनींदे सूखे मुख पर होठों का खिंचाव बनकर रह गयी थी।

"आज गये नहीं ?"

"नहीं।"

"देर से उठे हो ?"

"हाँ।"

"अभी चाय नहीं पी ?"

"पी।"

मुझे लगा था मैं भी अँधेरे की उसी सुरंग में खिंचता चला जा रहा हूँ जिसमें से उसे बचाने आया हूँ। उसके दुख में ध्वनि नहीं है पर ऐसी निर्मोह निर्दमन खींच कि अतल में सदियों से सुन्न हुए पत्थरों पर पटककर ही दम लेगी।

हाड़-मांस की इतनी बड़ी काया निर्धूम जलती। ऐसी लाचारी के सामने मैंने अड़ जाना चाहा···

"पैण्ट पहन लो···चलो न, चलते हैं, नाश्ता करके आते हैं", मैंने सहज से सहजतर होते उसकी बाँह खींची थी, "अगर तुम चाहो तो घर भी चल सकते हैं।" लगा था शायद उसे नीरा को देखना अच्छा लगे। उसके चुप बने रहने से मुझे बल मिला।

"मैं हूँ न साथ, तुम तो मेरे साथ मेरे घर चल रहे हो न ? मैंने 'मेरे' शब्द पर बल दिया था।

"यू वाण्ट टु एस्कोर्ट मी ?" वह जैसे जाग गया हो।

"नो, आय वाण्ट टू प्रोटेक्ट यू", मेरे मुँह से निष्प्रयास फिसल गया था।

"बट व्हाय ?···प्लीज ! प्लीज ! विशाल !" वह लगभग चिल्लाया था, "मुझे नहीं चाहिए किसी का प्रोटेक्शन। प्लीज स्टे आउट ! नहीं चाहिए कुछ ···एकदम नहीं" वह हाँफ रहा था।

मैं कच्चा-कच्चा-सा हो गया था। रास्ता फिर गुम हो गया था। हवा विमूढ़, लिसी-लिसी श्रान्ति से बोझल।

"क्या तुम्हें पता है कि तुम्हारा टूटना जिन्दगी के प्रति मेरी आस्था को कितना हिलाता है ?" यह बात मैंने उसकी आत्म-गरिमा के भाव को उकसाने के लिए कही थी पर वह चिढ़ गया था।

"इसका मतलब है, मैं ईंट-पत्थर का बना रहूँ···तुम सबके लिए !"

"कैसी बातें कर रहे हो बासू !" मैंने कोमल होने की कोशिश में उसके कन्धे पर हाथ रख लिया था। मेरी हथेली के नीचे से उसने झटककर, अपना कन्धा मुक्त कर लिया था और चुप हो गया था।

मुझे क्रोध आ गया था। इस अनूठे असाधारण शौर्य को ओढ़े रहने का मतलब ! हर कोई जानता है, हार्दिकता का रास्ता दोस्तों की वीथियों तक जाता है। फिर

अवरोध कोई था भी तो बाहरी था, उतना भी अब नहीं है।

"मुझ पर लानत है कि मेरे रहते तुम मन भी हलका न कर पाओ ! यह तक न बता पाओ कि तुम्हारे भीतर···"

"क्यों सुनना चाहते हो तुम···क्या सुनना चाहते हो कि मैं ठगा गया··· गलत सिद्ध हुआ ? मूर्ख निकला ? अच्छा लगेगा तुम्हें क्योंकि कब से टोक रहे थे तुम मुझे ! अच्छा लगेगा क्योंकि मूर्ख आदमी वैसे भी अच्छे लगते हैं लोगों को। उन्हें देखकर अपने समझदार होने का अभिमान हाथ लगता है···क्या जानना है तुम्हें कि मैं कितने फुट की ऊँचाई से गिरा हूँ···कितना कटा-फटा हूँ ? ताकि तुम मुझे सहेज सँभाल सको !"

"मैं क्या इसलिए आया हूँ तुम्हारे पास ?तुम कितना गलत···" मैं आहत हुआ था।

"और नहीं तो किस लिए···इधर तो तुम हमेशा इसलिए आये हो ···इसी बात को बीच में रखकर जवाबदेही करने···अब तो सब साफ है न उस तरफ से तो। वही सही-साबुत है। तुरत-फुरत फैसला करने के काबिल। थप्पड़ मारें तो किसी को कानोंकान आवाज तक नहीं होगी। बच गयी है न अब तो···अब क्या है ?"

क्या कहना चाहा होगा मैंने, क्या कहा ? याद नहीं पड़ता। कुर्सी के अगले भाग पर टिकी-सी उठुँग बासू की आकृति और नुकीली घुर्री से जमी बर्फ के गर्भ को छेदती बासू की आवाज। सख्त, कँटीली।

"और क्या जानना है तुम्हें ?···अपनी आस्था के आधार के बारे में ? जो मुझमें आ बैठी है बेमतलब··· खामख्वाह । वह नजारा तुम्हें अधीर कर रहा है न ? मुझे भी करेगा ···करता रहेगा···हाण्ट करेगा। कहाँ गया वह 'अपना आप' जिसे बचाकर रखना था मुझे···क्या थी वह कमाई जिसे एक छोटी-सी लड़की छेंक गयी। व्हेयर इज दैट मी ?···सही साबुत मी।···इसका उत्तर मेरे पास नहीं है। मैं अभी कुछ नहीं जानता···इतना पता है कि इससे बड़ा उत्सव नहीं हो सकता मेरी दरिद्रता के उद्घाटन का।···उदास आवाज जैसे शब्दों से टपटप पानी टपकता हो।

"एक बात और बताऊँ···फाइनल। असली। सच कहता हूँ, मैंने बहुत चाहा कि वह समर्थ हो सके, लड़े, बहादुर बने। ऐसी बन गयी है तो मुझे खुश होना चाहिए था न, पर मैं खुश नहीं हूँ, तनिक-सा भी नहीं। निरानन्द हूँ। ध्वस्त।

उठुँग बैठा था, कुर्सी पर पीछे होकर बैठ गया, जैसे बिन तहाये गजों लम्बे कपड़े की ढीली-ढाली ढेरी।

"अब भी कोशिश करके देख सकता हूँ···फैसला बदलवाने का···" कौन कराह रहा था मेरे भीतर।

"तुम क्या यह अर्थ समझे हो मेरी बात का ?"

उसने अपनी कोरी-सी आँखें मुझ पर गाड़ दीं, जिनमें न तेज था, न ताप, "एक छोटी-सी लड़की की प्राप्ति ?···बस इतना ?···यू आर सिम्पलीफाइंग थिंग्ज! इस बारे में अब मुझे कुछ नहीं कहना···सच में कुछ नहीं कहना, तुम जाना चाहो तो जा···"

अच्छा हुआ वह आगे कुछ नहीं बोला। सन्न बैठा रहा मैं। सन्न बैठा रहा वह। मनहूस-सी मंशा बीच कहीं साँस लेती हुई।

वह उठा था और मेरी कुर्सी के निकट आ गया था, उसकी हथेली मेरी कलाई को कसती-सी "विशाल ! अब तुम जाओ। प्लीज गो ! आय बैडली नीड मायसेल्फ !"

प्रतिरोध करना भी चाहता तो सम्भव न होता, मेरी पीठ को पार कर दायें कन्धे को छूते उसके हाथ में एक अजीब-सा आग्रह था, ढकेलता हुआ।

आपे से रहित मैं दरवाजे की ओर चलने लग गया था, "थैंक्स विशाल···गुडबाय" मैंने सुना था। तब नहीं जानता था, यह उससे मेरी आखिरी भेंट है।

उस साल वह ड्रॉप करके चला गया था। इन दो सालों में पिछले सप्ताह 'इण्डियन एक्सप्रेस' में मैंने उसकी फोटो देखी थी। भोपाल से कन्याकुमारी साइकिल पर जाने वाले अगुआ के रूप में।

किस मनःस्थिति में घर आया था। भार उसका भी, भार अपना भी, भार स्थितियों की जड़ता का भी। आया था तो लगा था, अपने को लादकर ला रहा हूँ···अपनी ही पीठ पर ···अपने पैर हैं भी पर चलते नहीं दीखते। ऐसे गतिक्षत पाँव।

"क्या हुआ है तुझे ?" माँ चकरायी थी, "तबीयत तो ठीक है ?"

"कुछ नहीं, बस ऐसे ही···सिर चकरा रहा है, ठीक हो जाएगा।" मैं दीवार की ओर मुँह करके लेट गया।

सब भरम सकते थे, वह नहीं भरम सकती। वह दो-तीन बार भीतर आयी है, आहट से जानता हूँ। अन्ततः अधीर होकर आहट उसने शोर की तरह बजायी थी पर मैंने सुननी नहीं चाही थी।

हार गयी होगी तो उसने पुकारा, "सुनो जरा···"

"हूँ" पीठ घुमाये बिना ही मैंने हुँकारा भरा था।

"ऐसा भी क्या···मुँह तो घुमाओ पहले।"

"क्या है ?"

"वह मिला था ?"

"कौन ?" मेरे मन में उसे कोंचने की हिंसा लपलपा रही थी।

"बासू··· वहाँ ही तो गये थे तुम !"

"मिला था।"

"कुछ कहता था?"

"हाँ। कहता था···कहता था, तुम क्रूर हो···स्वार्थी हो···चालाक हो, तुमने उसे ठगा है···यूज किया है···तबाह किया है !"

दरवाजे की दोनों चौखटों को दोनों हाथों से थामे पल भर वह खड़ी रही। मूर्तिवत्।

"भूल जाएगा। जैसे मैं भूलती जा रही हूँ···तेजी से"—कहकर वह बाहर चली गयी।

मैं उठकर बैठ गया। लगा था वही बड़ी है···वही दृष्टिवान···उद्गारों से भरे हम दो मूर्ख मित्रों से अधिक परिपक्व··इस संसार के गणित ज्ञान में पूर्ण पारगत

इतनी कि भविष्य के अदेखे में अपनी आँखें गाड़कर ऐसी घोषणाएँ कर सकती है।

वृत्तान्त : दो

माँ की चिट्ठी अँग्रेजी में आती है। कुछ अटपटी-सी अँग्रेजी, जिसे पढ़ते लगता है कोई अविरल बहती आती नदी झाड़-झंखाड़ में फँसती चली आ रही हो। पानी है तो रुकता नहीं। झाड़-झंखाड़ है तो अपनी धौंस जमाये बिना नहीं रहता।

मैं जानता हूँ, माँ अपनी भाषा में चिट्ठी लिखना चाहती हैं। चाहती हैं अपने देश और भाषा की गन्ध मेरे मन में बनी रहे। ऐसा न होने पर मैं देश और भाषा के स्वाद को भूल भी सकता हूँ। भीतर से यह भी चाहती हैं कि उसकी चिट्ठी को चेष्टा करके पढ़ने की ललक मेरे मन में जागती रहे। उस असुविधा में से गुजरते हुए मैं देर तक माँ के साथ बना रहता हूँ।

फिर माँ मुझे अँग्रेजी में क्यों चिट्ठी लिखती हैं ? इतना कुछ चाहते हुए भी क्यों उस अजनबी भाषा का इस्तेमाल करती हैं ? मेरी सुविधा-असुविधा को क्यों सर्वोपरि रखती हैं ? शायद उतना-सा भी कष्ट देना नहीं चाहतीं माँ जो मुझे हिन्दी पढ़ते समय होता है। जिसके लिए वह अपना एक अजीब पराया-सा चेहरा बना लेने पर उतारू हो जाती हैं।

वह चाहे तो मार्था के रहते अपने और मेरे बीच बन सकते भाषा की निजता के पुल को बनाये रख सकती है पर ऐसा नहीं करती।

मैं स्वयं ही क्यों तमककर नहीं कह देता कि ऐसा चाहती हो तो फिर हिन्दी में क्यों नहीं लिखती ?

"तुझे अनुकूल जो नहीं पड़ता", उसका यही उत्तर होगा।

"मैंने कभी कहा कि मुझे अनुकूल नहीं पड़ता ?"

"सभी बातें कही जाती हैं क्या ?"

"तो फिर शिकायत कैसी ?"

"शिकायत की है कभी ?" कहकर वह चुप हो जाएगी। ऊपर-ऊपर से बात खत्म हो जाएगी। अन्दर की बात वहीं की वहीं पड़ी रह जाएगी, गुत्थियाँ नहीं खुलेंगी।

अक्सर मैं खुद ही हिन्दी में चिट्ठी लिखने की पहल में आ जाता हूँ। गरमाई का अहसास देते हुए लगें, ऐसे वाक्यों का चुनाव करने की कोशिश करता हूँ। ऐसे में जरूर कुछ अटपटे-बचकाने शब्दों का चुनाव कर बैठा होऊँगा कि माँ ने लिखा—

"ऐसा भी क्या लिखना कि उसमें असली आदमी ही दिखाई न दे। भाषा का क्या है, भाषा कोई भी हो। एक तो वैसे ही दो-तीन महीने के बाद तुम्हारी कोई एकाध चिट्ठी आती है...।"

उलाहने की गन्ध तक पहुँचने के पहले ही माँ बात बदल देती है। फिर अँग्रेजी में चिट्ठी आने-जाने लगती है। संवाद की यह कतरन सदा शुभ और मंगल के

समाचारों का बयान करती है। सुन्दर कहती है पर सच नहीं बोलती।

पढ़ लेने के बाद मैं पत्र को सोफे के साथ वाले स्टूल पर रख देता हूँ ताकि उत्तर की याद बनी रहे। वहाँ पड़ा-पड़ा कागज का यह अधखुला टुकड़ा इतना परिचित हो जाता है कि दिखाई देना बन्द हो जाता है।

वह फड़फड़ाहट ऐसे की ऐसे रखी रहती है; जब तक किसी रविवार साफ-सफाई अभियान के चलते मार्था मुझे झिड़क नहीं देती, "यह इण्डिया नहीं है कि बीवियाँ चाकरी करती रहें। तुम अपने कागज-पत्र खुद सँभालो।"

कहते-कहते वह पत्र उठाकर मेरे हिस्से की अलमारी के कोने में खिसका देती है, जहाँ जाकर पत्र सो जाता है। पत्र का वहाँ होना, पता नहीं कैसे मेरे ध्यान के घेरे से बाहर छिटक जाता है। पहले रखी चींजों पर फिर दूसरी चीजें लद जाती हैं। लदती जाती हैं। चीजों के मन में स्वयं उठ बैठने की ताकत नहीं होती। मन की ताकत का सिरा भी पता नहीं कहाँ गुम हो जाता है। माहौल का तम्बू इतना कस जाता है कि सिर को छूना छोड़ देता है।

फिर किसी एक दिन, पिछले पत्र को जगाने माँ का दूसरा पत्र आ जाता है। इस बार के पत्र में 'जरूरी है' की ओर धकेलते हुए कितने मुद्दे हैं—जैसे, अमुक युनिवर्सिटी का एड्रेस जरूरी है। पापा की रिपोर्ट का पर्चा भेजा जा रहा है उसका एनाल्सिस जरूरी है। ह्यूस्टन कितनी दूर है, जानना जरूरी है, किसी आत्मीय ने पुछवाया है।

काश ! इन जरूरतों से खिंचकर आने का उद्यम मेरे भीतर होता। क्या उत्कण्ठा है, वे क्या सुनना चाहते हैं, मैं अच्छी तरह जानता हूँ। वह सब जब कहना ही सम्भव नहीं तो दूसरी बातों की क्या चर्चा ! बाकी तो सब स्थानीय है। दैनिक है। सुबह से शुरू होकर शाम की ढलान तक रपटती चीजें हैं। कसी पेटियाँ हैं। उन बातों को लेकर साझेदारी का उछाह मेरे मन में नहीं बनता।

मैं जिन गलियारों से गुजर रहा हूँ, उसकी धूल-गर्द मेरे कपड़ों पर चिपकी है। जो कुछ मैं हूँ, होता हूँ, वह केवल यहीं की हवा के अनुकूल है। उन ब्यौरों का झरोखा बनाकर उन्हें दे आने की चेष्टा मेरे भीतर नहीं जागती।

मैं शायद यह चाहता हूँ कि जो कुछ भी उन्हें सोचना अच्छा लगे, वे वही सोच लें। खाली खाकों में अपनी पसन्द के रंग भरते रहें। यह अनुत्तरता यहाँ की हवा के अनुकूल है। माहौल और मन का तापमान एक बना रहता है। टूटन से रक्षा हो सकती है। होती है क्या?

यह अनुत्तरता जब खुद को काटने लगती है तो अपने अनचाहे भी सक्रिय हो जाता हूँ। अपने को सोचते हुए पाता हूँ कि कब जन्मे थे पापा। कब भैया भाभी का ब्याह। कब चिण्टू-मिण्टू की वर्षगाँठ।

कोई तिथि स्मरण में आ जाती है तो बाजार से एक चटक विलासी-सा ग्रीटिंग कार्ड खरीद ले आता हूँ। कार्ड पर लिखे बाजारू-से सन्देश मुझे एकदम चुस्त उपयुक्त लगते हैं। अपने हस्ताक्षर देकर मैं उस उधारी की मनोकामना को हथिया लेता हूँ। कार्ड के बायीं ओर के कोरे कागज पर घसीटते हुए दरज करता हूँ—बहुत जल्दी में हूँ। ज्यादातर जल्दी में रहता हूँ। फिर कभी एक-एक को, अलग-अलग इतमीनान से लिखूँगा।

मुक्त हो जाता हूँ। मोहलत माँग लेता हूँ।

भार उतरता जरूर है पर मन सँकरा होता जाता है। प्रफुल्लता प्यासी बनी रहती है। ऊपर-ऊपर से सब कुछ सही-सलामत चलता है—काम, उत्पाद, शरीर, समय की पाबन्दी, फासले, अनुशासन, नींद, अपने पर निर्भरता। पर केवल चलता है जैसे बहता हुआ पानी अपने तल की असलियत को पीछे छोड़ता हुआ चलता है।

पूरे तीन साल। इतने ईंट पर ईंट की तरह रखे जाते एक हजार पंचानवे दिन। आया था तो इतने दिनों पलटकर न जा पाने की बात सोच भी नहीं सकता था। कोई कहता तो सिर पर पत्थर दे मारता।

नहीं गया। उन लोगों ने भी इस अपेक्षा को मन में रखकर न कुछ कहा, न पूछा। विदेश जैसे स्वर्ग में मेरे रहते होने से सन्तुष्ट हैं या अपने पैरों खड़े हो सकने के मेरे पराक्रम से परितुष्ट, मैं नहीं जानता। उनके जानने-समझने के विधान में सेंध लगाना नहीं चाहता।

मुझे इस तरह अचानक आया देखेंगे तो कितने आन्दोलित होंगे। पिटी हुई दैनिकता से एकाएक फूटने लगती सहस्रधारा से आनन्दित होंगे। इतना आनन्दित होने की बात मैं यहाँ रह चुकने के बाद भी कैसे मान लेता हूँ पर जानता हूँ। निश्चय ही जानता हूँ मैं।

कल्पना की यह किल्लोल मुझे किस कदर आन्दोलित करती है। घर को छू लेने के लिए मन को आँखें सौंप देती हैं।

विमान में गोल खिड़की की राह आता आकाश का स्पर्श मुझे रोमांचित करता है। असीम के संस्पर्श से इतनी जल्दी हो गुजरूँगा, अविश्वसनीय लगता है। लगा, जैसे बरसों के बाद नहाया।

मैं क्यों चाह रहा हूँ कि वसीम मेरी बगल में नहीं, कहीं और बैठा होता। स्मरणों के आने-जाने का रास्ता निर्बाध बना रहता पर वसीम को मैं टाल नहीं सकता। वह

आया तो मेरा आना बन गया। न बनता तो पता नहीं कितनी सदियों टलता।

वसीम है कि पल-पल अपनी बातों की रस्सी से मुझे खींच लेता है। नुसरत के बारे में मेरी जानी हुई प्रतिक्रिया को दसवीं बार पूछता है। उसके किस्सा-ए-निकाह में मैं कब से उसका राजदार हूँ।

अब तक आनन्दित था क्योंकि नुसरत को देखा नहीं था। मोहतरमा बात के तय हो जाने पर खुशबू में लिपटे लम्बे-लम्बे खत लिखा करती हैं क्योंकि अब उनको उस घर की जिन्दगी, जिसमें वह जन्म से अब तक अमन-चैन से रहती रहीं, दूभर लगती है सो प्रिंस मस्ट कम ऑर कॉल द प्रिंसेस। लिखती हैं कि आपके अब्बा ख्वाहमख्वाह की सख्ती बरत रहे हैं कि "आप घर लौटें तो ही निकाह पर अमल हो। यह क्या कि आपसे शादी भी करें और अमरीका जैसी जन्नत का दीदार भी हासिल न हो। क्या आपकी मर्दानगी को इतना भी हक हासिल नहीं कि फैसले में हेरफेर करें ?

ऐसी चुनौतियाँ वसीम को मुग्ध करती हैं उद्विग्न नहीं करतीं। "साथ रहें तो मर्दानगी की आजमाइश के मौके हजारह होंगे।" उलझन तब पेश आयी, जब उन साहिबा की एक बड़ी-सी फोटो हासिल हुई। अपने ही चेहरे के फीके से एनलार्जमेण्ट पर काली स्याही से एक नज्म लिखी हुई आयी थी।

वसीम उखड़ गया। हिज्रों की स्याही को बरतरफ करके सोचने पर मोहतरमा उसे बेहद मामूली जैसी लगीं, "देखो जरा, आँखों में शरारत का तुपका तक नहीं और बोल ऐसे उतावले हैं कि हर घड़ी आगे-पीछे नाचते रहें।"

मैं उसे समझाने की कोशिश करता हूँ। सूरत और सीरत, ओझल और जाहिर को अलगाने की चेष्टा करता हूँ पर वसीम सन्तप्त है। नुसरत की अब तक की 'पुर असर मासूमियत' उसे एकाएक बचकानी लगने लगती है।

"नो नो नॉट ए प्वायण्ट मोर—जब तक मैं खुद देख-सुन न लूँ। अब्बा लाख कहें कि ध्यान लगाओ पर यह सब क्या डिस्टर्ब करना नहीं हुआ?"

"आपके अब्बा को क्या मालूम कि आप दोनों उनको लाँघकर नये-नवेले पुल बनाने के काम में कब से मुब्तिला हैं।"

"कुछ भी हो। अच्छा यही था कि पहले ही घर चले जाते। फैसला कर आते। अब तो ऐसा घेराव जैसा लग रहा है कि समझ ही नहीं पा रहा, सबसे कैसे पार पाऊँगा। वहाँ तो सब सेहरा सजाकर बैठे हैं। अच्छा ऐसा करो।" वसीम एकाएक उत्तेजित हो जाता है, "तुम मेरे साथ चलो। कोई तो मेरी तरफ रहे।"

"एक से दो अच्छे" के तर्क से वसीम मुझे उकसाने की कोशिश करता है पर मैं हूँ कि उकसना नहीं चाहता। कहीं पहुँच गया होता तो तन कर जाता। अब कैसे। क्या मुँह लेकर घर जाऊँ ? हथेली पर रखकर कुछ दिखाने को भी तो हो।

मेरी आनाकानी के कारण को वसीम सूँघ लेता है। सूँघ सकता है। उसकी मेरी

काल की सुरंग में से हो गुजरने की एक ही राह है। वैसे भी घर से बाहर ढाँपे-नंगे सब बराबर। यहाँ इज्जत-आबरू का हर सवाल पुरखों के खूँटों से आजाद है।

सब्र वसीम की सीरत नहीं। तिस पर अपनी ही चमड़ी को चूँटती ऐसी उलझन। ठेलने पर उतर आया।

''इतना सोचो मत। तुम्हारा किराया मैं दूँगा। चाहना तो कभी दे देना या न भी सही। तुम तो नहीं जा रहे थे। मैं ले जा रहा हूँ न ! बोनस यह कि सबसे मिल भी लोगे। कब से घर नहीं गये हो।''

ऐसी रपटन-भरी जमीन पर मैं पूरमपूर ताकत के पंजे अड़ाता हूँ। वसीम की दरियादिली को मैं भीख में ले लेना नहीं चाहता। लौटाने की ताकत के बिना यह सदाशयता मेरे लिए राजा जनक का धनुष सिद्ध हो सकती है।

सुलग उठने को होती चिनगारी पर उदासीनता की राख डालने का यत्न क्या किया कि वसीम बिगड़ गया—''यू आर ए लिमिट। तुम्हारा कुसूर नहीं। हम सब यहाँ रहकर कन्वर्ट हो चुके हैं। हर बात को पैसे के तराजू पर तोलते हैं।''

''वहाँ भी क्या हम ऐसा ही नहीं करते ?'' मैंने दार्शनिकता का सहारा लिया था। ''यह बात अलग है कि सदियों से अपने को ऊँची वैल्यूज से जोड़ने की आदत पड़ी है तो असलियत ढकी रहती है। यहाँ लोग मुक्त हैं, खुलकर स्वीकार लेते हैं। हमारे सामने सिचुएशन आ जाए तो हम स्वीकारने की इच्छा और नकारने के दम्भ में ही फँसे रहते हैं। सोचते कुछ हैं, करते कुछ हैं। नतीजा, हमेशा दुविधा···।''

इस मूल्य-चिन्तन में वसीम की कोई रुचि नहीं। वह अपने आबरूदार अब्बा के कलगीदार फैसले और अपने नतीजे के बीचोंबीच भौंचक्का जैसा खड़ा है।

मैं दलील का एक दूसरा सिरा वसीम को थमाने की कोशिश करता हूँ—''अव्वल तो तुम्हारी रजामन्दी के बिना कुछ हो नहीं सकता और···''

''और यह जो बेमतलब बात इतनी बढ़ रही है सो···'' उसने मुझे अधबीच काट दिया। ''यहाँ फ्यूचर गर्क होने जा रहा है और तुम···''

''गर्क कैसे होगा ! हो गया तो बदल लेना। न जँचा तो तलाक, तलाक, तलाक। तुम्हारा मजहब तो तुम्हें इस बात की पूरी छूट देता है।''

वसीम बुरी तरह तुनक गया, ''मुझे दे या न दे, तुम्हें जरूर देता है। तुम मार्था के साथ रहते हुए भी हर पल इस छूट का जहनी इस्तेमाल करते रहते हो। क्या मैं झूठ कह रहा हूँ ?''

दोस्त के साथ रिश्ता नंग-धड़ंग होता है। मुझे 'हाँ' कह सकना चाहिए था पर मैं 'हाँ' नहीं कहता। जानता ही नहीं कि मार्था मेरी लाचारी है या उपलब्धि।

घर।

इस छोटी-सी दहलीज पर कितना बड़ा अटकाव—

एक प्रश्न चिह्न ! जो मन में अपने आप उछलने लगता है, जैसे हवाई अड्डे से निकासी का दरवाजा पैर का दबाव पड़ते ही अपने आप खुलने लगता है।

पुरुषार्थ के लिए पूत के जो पैर सीमाएँ लाँघ कर गये, वे क्या करके आये ?

क्या उत्तर दूँगा। उत्तर का दबाव मार्था के देश में नहीं था, यहाँ होगा। यहाँ अपना-अपना अकेला-अकेला कुछ नहीं होता।

पूछा न गया तो भी उत्तर तो देना ही होगा। प्रवृत्ति जो है वह बहाने गढ़ने की ओर जाएगी। पापा की आँखों के लेन्स को यह पैंतरेबाजी क्या रास आएगी ?

आया था तो वही सबसे बड़े आलोचक बनकर मेरे रास्ते में तनकर खड़े हुए थे। प्रशान्त के बुलावे से मेरी तरह मुग्ध-विमुग्ध नहीं हुए थे। प्रशान्त ने लिखा था, "बस तुम किसी तरह आ जाओ। हेल्पिंग हैण्ड्स की जरूरत है। समझ लो, बाकी सब कुछ जमा-जमाया है। दोनों लग लेंगे तो एक्सपोर्ट का धन्धा खूब जमेगा ! बस आते समय नमूने के लिए चमड़े की थोड़ी जैकेट्स और दो दर्जन दस्ताने जरूर लेते आना।"

"और पढ़ाई ?" पापा ने मेरे मन में बनती बहुमंजिली इमारत ढा दी थी।

"पढ़ाई भी तो इसीलिए होती है…आखिर। कमाने के लिए।"

"यह तुमसे किसने कहा। अपनी ग्रोथ का कोई मतलब ही नहीं। वह होती तो अपना आगा-पीछा समझ पाते। यह नहीं कि दोस्त की दस काली सतरों से ऐसे उखड़ गये।"

मैंने चतुराई की आड़ ली। "प्रशान्त भी तो पढ़ रहा है। देखिए तो सही। उसने इस बारे में भी लिखा है। यहाँ कण्टीन्यूइंग ऐजुकेशन चलती है। यानी कि पढ़ाई और कमाई साथ-साथ। यह नहीं कि एम. ए. पास करने तक बाप की गोदी में बैठे रहो।"

पापा को निश्चय ही मेरा कथन अविनयी लगा होगा। मुझे जाँचने के लिए ही पूछा होगा, "तुम क्या सोचते हो ?"

"सोच नहीं रहा, जा रहा हूँ।" 'जाना चाहता हूँ।' कहने के बजाय मैं ऐसा कह गया था।

"कैसे ?" यह एक शब्द था जो उनके और मेरे बीच अचानक तनकर खड़ा हो गया था "तुम क्या चाहते हो, मैं तुम्हारे दूसरे भाई-बहनों का हिस्सा भी काटकर तुम्हें दे दूँ। फिलहाल तो यह भी नहीं जानता कि तुम्हारा हिस्सा है कितना…।"

"टिकट के अलावा पैसे की बात ही कहाँ उठ रही है ?"

"अच्छा है, नहीं उठ रही। जल्दी अपने पैरों पर खड़े होना सीख जाओगे। वैसे मुझसे पूछोगे तो मैं तो यही कहूँगा, बाहर की पूरी से घर की आधी अच्छी। कम से कम यहाँ ठौर-ठिकाना तो है, वहाँ क्या है ! सैकड़ों मिसालें हैं। कच्चे-पक्के दिलासों को पकड़कर लोग गये फिर वहीं धँस गये हैं। या तो इतना होता ही नहीं कि वापस जाएँ या इतना होता है कि वापस क्यों जाएँ ?"

मेरे उत्साह को पापा की ऐसी बातें बकबकी लग रही थीं। आग्रह, अनुरोध, विरोध की हर चेष्टा जारी रही थी। ठिलते-ठिलते फैसले तक पहुँचा गया था।

"देन गो माय मर्चेण्ट सन। पुराने जमानों में लोग किस्मत आजमाने दूर देशों में जाते थे। अच्छा है, आजकल दोस्तों में से ही गॉडफादर निकल आते हैं। पर याद रहे, दोस्त से रिश्ता शुरू से ही बराबर का रखना। मेहनत ही करनी है तो दबना कैसा ? एक बार दबे नहीं कि···।"

उन्हें क्या पता कि प्रशान्त किसी कलूटी का पीछा करते-करते कब का शिकागो निकल गया था और अपने अपार्टमेण्ट का किराया भी मेरे मत्थे मढ़ गया था, जिसे मार्था ने रोते-झींकते चुकाया। मैंने क्यों इसे मार्था की उदारता मान ली थी ?

मुझे देखकर वे सब इतने भौंचक्के हुए कि सुख की अनुभूति को थामने का सौष्ठव भूल गये।

"बिना किसी खबर के कैसे ? ऐसे अचानक ?"

मुझे लगता है इस बात का उत्तर स्थगित किया जा सकता है। वसीम की खातिर चलकर आने की बात कहते भीतर कुछ अटकता है। इच्छा-अभीप्सा वसीम के पक्ष में जाती दिखाई देती है, जो मैं चाहता नहीं, सच मान ली जाए।

सरहदों के पार से आना इच्छा-अभीप्सा की सुन्दरता तक सीमित नहीं। इच्छा की चलायमानता के मर्म को पाना पड़ता है। फिर उस उद्यम की खूँटी पर अपनी नियति के हर पल को टाँग देना पड़ता है।

"मार्था क्यों नहीं आयी ?" सब अलग-अलग पूछते हैं। मार्था न आये शायद सब कोई चाहते होंगे। उनके लिए मार्था एक सूचना है, विश्वास नहीं।

मार्था के बिना मैं पूरे का पूरा उनका होता हूँ, मैं चाहता हूँ, वे ऐसा कुछ सोचें। आगे कभी ऐसा कुछ सम्भव कहाँ होगा !

पत्रों की बात पर पापा एक मर्दाना पर दोस्ताना-सी घुड़की देते हैं, "तुम्हें अपनी माँ का तो ख्याल होना चाहिए। बिचारी तुम्हें चिट्ठियाँ लिखते थकती नहीं। फिर जो

चिट्ठी लिखता है उसे जवाब तो मिलना ही चाहिए। मैं तो इसीलिए लिखता ही नहीं। आय काण्ट बियर निगलेक्ट।''

''निगलेक्ट ?···व्हाट निगलेक्ट ?'' माँ चट आगे बढ़कर मुझे ढाँप लेती हैं। ''हमारा इससे क्या कोई निगलेक्ट का रिश्ता है ? इन छोटी-मोटी बातों से क्या फर्क पड़ता है ?''

कुर्सी पर बैठे, मेरे कन्धों पर माँ हाथ रख लेती है। विण्डचीटर के चलते दबाव महसूस होता है, स्पर्श नहीं पहुँचता।

भैया सामने बैठे एक निर्दोष-सी जिज्ञासा में एकाग्र जैसे लगते हैं। उनकी मुस्कुराती आँखों में एक नमी भरा ठहराव है। आकर्षक स्थिरता। क्या यह चुपचाप सीढ़ी दर सीढ़ी चढ़ पाने की सुरक्षा का बल है ? पुरखे जो दे चुके वह भी अपना। अपना भी अपना।

चिण्टू-मिण्टू मेरे बक्से को घूरते हैं। भाभी अतिरिक्त उत्साह में ठिठोली करने लगती है, ''अब तुम आज ही जी भर कर पूड़ियाँ खा लेना लला। कल मुझे पढ़ाने जाना पड़ेगा।''

''कब से नौकरी कर ली ?''

''दो साल हो गये।''

''जब से तुम्हारी माँ रिटायर हुई। कोई घर देखने वाला भी चाहिए। रिटायर हुई तभी तो तुम्हें इतनी चिट्ठियाँ लिखती है, बावरी''—पापा ने फिर चुटकी काटी। उनके हाथ में अभी भी चिट्ठियों के सन्दर्भ की छड़ी है।

माँ के चेहरे को शायद उघड़ना अच्छा नहीं लगा। झुककर साड़ी की निचली कोर पर लटका डोरा अपने दाँतों से काटने लगीं।

•

इतनी सारी आँखों और कानों का मेरे होने में प्रवेश। मैं धीरे-धीरे फूलने लगता हूँ। धमनियों में बरसों से गुमसुम पड़ी हरारत एकाएक फड़कने लगती है। कितना वंचित रहा, यह बात मुझे बेतहाशा उद्वेलित करती है।

•

मेरे हैण्डबैग से निकली चीजों को पापा तीखी निगाह से देखते हैं। भैया की जर्सी के

पीछे का टिप्पा जाँचते एकाएक कह उठते हैं—"लगता है धन्धा कुछ बढ़िया नहीं चल रहा ?"

"नहीं, ऐसा नहीं है। बिलकुल ऐसा नहीं है।"

"आर यू श्योर ?"

"श्योर ! एक और साल तक बढ़िया हो जाएगा।"

"अभी कितने साल हो गये ? दो ? ढाई ?...नहीं तीन। हैं नऽऽ ?"

मुझे लगा तीन वर्ष की अवधि को पापा जान-बूझकर उघाड़कर कहते हैं। "हाँ ऽऽ आँ। तीन नहीं, लगभग तीन। क्यों ?"

"नहीं, यों ही पूछा। लोग कहते हैं जितना कुछ यहाँ पैंतालीस-पचास की उम्र में नसीब होता है, वहाँ का लौण्डा बीस बाईस की उम्र में पैदा कर लेता है।"

"सच ही होगा। हाँ, सच ही है।" मैं अपने कथन को सँभालने की कोशिश करता हूँ।

"तू कहाँ तक पहुँचा ?"

"इकट्ठा बता दूँगा। आप लोगों को सरप्राइज दूँगा।"

मैं मन ही मन पापा की सूझ की दाद देता हूँ। सन्दर्भ बदलने के लिए इधर-उधर देखता हूँ।

लाल सलवार पहने एक कम उम्र की लड़की ठीक उसी समय चाय की ट्रे लिये भीतर घुसती है। यह स्थिति मुझे खूब सान्त्वनीय लगती है।

"यह कमली है।" भैया परिचय कराते हैं। "कमली, यह फोटो वाले भैया हैं। तुमने पहचाना ?"

"अब कहाँ है फोटो ?" कहते-कहते कमली भाग खड़ी होती है।

मेरे अन्दर एक जिज्ञासा जैसी सुलग उठती है। कमली ने क्यों कहा कि अब कहाँ है फोटो। मैं टी. वी. की दिशा में निगाह घुमाने को बेचैन हो उठता हूँ। वहीं मेरी फोटो का अब तक का जाना हुआ ठिकाना है पर टी. वी. पर महाकाय गणेश जी की एक बुटकी-सी मूर्ति दिखाई देती है।

मैं मन-ही-मन माँ का पीछा करने लगता हूँ। पहली बैठक के बाद माँ व्यस्त-सा इधर-उधर घूम रही हैं। माँ को अचानक गैस के पास खड़ा देख मैं उस छोटे से एकान्त में घुसपैठ कर लेता हूँ। धर-पकड़कर पूछ लेना चाहता हूँ कि टी. वी. पर जो रखी रहा करती थी, कहाँ गयी मेरी वह फोटो।

अपने से जुड़ी बात को दनदना कर कहने का बल अपने भीतर बटोर नहीं पाता अतः चोर दरवाजे को पा जाने का इन्तजार करने लगता हूँ।

माँ काँसे की कड़ाही में धीरे-धीरे सूजी सेंक रही हैं। हलुआ बनाने का उपक्रम कर रही होंगी। काँसे की कड़ाही देखते ही अपना अभिषेक करता माँ का कथन याद आने लगता है।

"अच्छा हुआ सहेज ली। आजकल तो लोहे के पत्तुर जैसे बर्तन आते हैं।" दादी के साम्राज्य को अपनी सीमा में लाते हुए माँ कहा करती थीं।

थोड़ी देर मैं माँ के पीछे यों ही खड़ा रहता हूँ। ध्यान खाली नहीं है इसलिए कोई दूसरी बात मन में जगह नहीं ले रही।

कढ़ाई में सूजी ने ललाई पकड़ ली है। माँ की कलाई तेजी से चलने लगी है। चीनी का बर्तन और पानी उसने परे से अपने पास खींचा है। पकाने की जरूरत में अब उसका ध्यान है।

मैं विचार को भीतर से स्थगित कर डालता हूँ और बाहर टहल आता हूँ। आँगन में खुले में सिर के ऊपर आकाश का एक टुकड़ा बन्दी है। नीचे दीवार के साथ लगी हरी-भरी, फली-फूली क्यारियाँ पसरी हैं।

ईंटों से घिरी उस हरियाली पट्टी में से मैं उस बिरवे की तलाश करने लगता हूँ जो श्यामली की बगीची में से एक हरे-भरे सम्बन्ध के आदर में लाकर लगाया गया था।

श्यामली को यह एक बेजोड़ तरकीब लगी थी। उर्वरा के माध्यम से गठजोड़। कितना ही तोड़ो, नहीं टूटेगा। मिट्टी में घुल-मिल जाएगा।

बाद में माँ ने लिखा, श्यामली इसी बात को बीच में रखकर रोती रही थी। कितना क्रूर हूँ न टूटती चीजों को तोड़ा, न छूटती को छोड़ा। देश भी। धर्म भी। प्यार भी। माँ इस बात को सदा दबाकर लिखती हैं। बहुत कोंचो तो थोड़ा उगलती हैं। कोंचने के लिए रिश्ता भी कौन-सा—माँ। माँ क्या कोई मेरी छोटी बहन है? दीदी से बात चलती तो शायद कुछ लम्बी चल लेती पर दीदी तो दूसरे घर की अमानत है। ऐसा माँ कहती रहती हैं।

घर में इस समय नितान्त खामोशी है। दोपहर के साढ़े ग्यारह बजे और हो भी क्या सकता है। माँ, छोटी लड़की और छोटी-छोटी खटपट। बीते कल के लबालब उत्साह में से घटते-घटते इस समय इतनी ही चीजें बची हैं।

लड़की एक आराम कुर्सी लाती दीखती है। फर्श पर रखकर मुझे देखती मेरे कुर्सी पर आसीन होने का इन्तजार करती है।

''यहाँ आओ'', मैं लड़की को इशारे से बुलाता हूँ। ''मुझे पता नहीं था तुम यहाँ हो, नहीं तो मैं तुम्हारे लिए भी कुछ लेकर आता।''

''कोई बात नहीं''—वह एक सयाना-सा दिलासा देती है और माँ को बड़ा-सा कनस्तर लाते देख वापस दौड़ पड़ती है।

''मटर की पछिया भी दे जाना''—माँ उसे दूसरा आदेश देती है और दीवार के साथ टिका लकड़ी का बदरंग-सा पाटला मेरी कुर्सी के पास जमीन पर रख देती है।

अब एकाएक मैं हूँ और माँ। अकेले। एक-दूसरे के रू-ब-रू। जमी हुई शिकायतों की चीथन के बीचोंबीच। पता ही नहीं कहाँ से चलना शुरू होगा—मार्था ? चिट्ठी ? दूरी ?

माँ के मुँह उठाकर देखने से मैं सहम जाता हूँ। अगला पल आये, इससे पहले ही उस पर झपट पड़ता हूँ।

''हाँ, याद आया। कमली कल कह रही थी न, अब नहीं है वहाँ फोटो। सच में कहाँ गयी वह फोटो ···जो टी. वी. पर रखी रहती थी?''

माँ ऐसे किसी प्रश्न की अपेक्षा में नहीं रही होगी। सरसरा-सा बोली—''तुझे तो वैसे भी कहाँ पसन्द थी वह वाली फोटो !''

''हाँ, नहीं थी···'' माँ को मैं कहना नहीं चाहता कि मार्था कहा करती है, ''इस फोटो में तुम भोंदू जैसे लगते हो। एकदम अनइण्टेलिजेण्ट।''

कुछ ऐसा बन गया है कि मार्था की टिप्पणी के बिना मैं उस फोटो तक पहुँच ही नहीं पाता। हरियाली के गझिन विस्तार में ढीले-ढीले कुरते में बेध्यान-सा एक नवयुवक। माँ को इस अंकन में क्या मोहक लगता होगा।

मैं माँ की दृष्टि बन जाता हूँ तो और उलझ जाता हूँ। माँ और मार्था की पसन्द के बिन्दुओं से अपने को हटाकर अपना मत स्थिर करना चाहता हूँ तो सच में जड़ हो जाता हूँ—भोंदू ! अनइण्टेलिजेण्ट !

फोटो से पलटकर आते अक्स क्या मेरे भीतर प्रवेश कर चुके हैं ?

''हाँ। तो फिर क्यों हटायी।'' मैं माँ को उकसाने में लग जाता हूँ।

''तुम बताओ अच्छा।''

''तुझे लगा होगा कि गिर जाएगी। टी. वी. सारा दिन चलता जो रहता है।''

मेरे ऐसा कहने पर माँ ठहाका लगाती है। ठहाका लगाने में माँ की आँखें लबालब भरती आती हैं। ऐसा ही सदा होता है जब रोयें-रोयें से हँसना चाहती हैं माँ तो रो ही पड़ती हैं।

''ऐसा डर हो तो टी. वी. से उठाकर कहीं और नहीं रख सकती मैं ?''

मैं झेंप जाता हूँ। "तुम्हीं तो कहा करती थी कि ऐसी जगह रखना चाहती हो जहाँ से चौबीस घण्टे देख सको।"

"पर ऐसी तो बहुत-सी जगहें हैं।" माँ का स्वर निरावेग है।

"जैसे ?"

"जेऽऽसे"—माँ सोचने लग जाती हैं।

जानने को मैं जानता हूँ कि ऐसी निश्चित ही एक जगह है जहाँ स्त्रियाँ अधिकांश समय बनी रहती हैं पर नहीं कहता। इस कथन के छोर पर सदा एक अंगार जैसा रखा रहता है। आज के जमाने में। कोई किसी भी स्त्री से निर्द्वन्द्व होकर नहीं कह सकता कि उसका आधे से ज्यादा जीवन रसोईघर में गुजरता है। विवाद छिड़ जाता है। सभी लोग इस प्रसंग से बचकर निकलते हैं, चाहे कितना भी सच मानते हों।

वहाँ की हवा में रहते-रहते कुछ ज्यादा सावधान हो गया हूँ। हालाँकि चाहूँ तो मैं माँ से ऐसा कुछ भी कह सकता हूँ। वह कतई बुरा नहीं मानेंगी। विवाद भी नहीं करेंगी। कड़ुवा भी नहीं बोलेंगी पर क्या इसीलिए मैं माँ को वह सब कहूँ जो मैं किसी दूसरी स्त्री से नहीं कह सकता या नहीं कहना चाहता।

माँ को तो मैं कितनी-कितनी हार्दिकता देना चाहता हूँ। सराबोर कर देना चाहता हूँ पर मेरे पास ऐसा कुछ करने-धरने के तरीके कितने कम हैं !

माँ के पास तो ढेर-ढेर तरीके हैं—यह हलवा तेरे लिए। यह चटनी तेरे लिए। यह तेरी पसन्द की चादर। यह तेरे लिए खरीदा कैसेट। यह करौंदे का अचार।

मेरे पास क्या है जिससे मैं 'माँ को अच्छा लगे' की अनुभूति को सम्भव बना सकता हूँ। यहाँ कौन-सा छोर है जो नितान्त मेरा अपना है जो इस हार्दिकता की सृष्टि कर सके।

इतने दिनों बाद घर आया हूँ तो लगता है सब कुछ अपनी तर्ज और तराजू पर तुलने में लीन है। सभी काम सुचारु रूप से चल रहे हैं मेरे बिना। घर है कि मेरी अनुपस्थिति का अभ्यस्त हो चुका है पूरी तरह। जाने से पहले जो जो बातें मेरी उपस्थिति की अन्तिम रूप से आश्रित थीं, मेरे बिना भी उतनी ही सम्भव बनी हुई हैं।

मुझे याद है, एक बार भैया ने मुझे दोबारा दौड़ाया था। जाड़े की रात। साढ़े नौ बजे। "मालूम नहीं ब्राउन ब्रेड तुम्हें ही लानी होती है। चिण्टू तड़के निकलता है। तब तक तो लाट साहब की नींद ही नहीं खुलती। बिजली का बिल, पापा का डॉक्टर, मकान की किस्तें, बैंक का हिसाब और अपना कॉलेज।

"वेस्पा क्या ले दिया कि तुम लोगों ने मुझे गधा समझ लिया।" एक दिन के अपने बेतरह कुढ़ने-चिढ़ने को मैं याद करता हूँ। याद करता हूँ उस दिन कॉलेज में प्रो. शर्मा की धुनाई। ट्यूटोरियल नहीं दे पाया था। प्रो. शर्मा ने अपमानित किया

था पूरी कक्षा के सामने। मैं चुपचाप खड़ा रह गया था।

असित ने बाहर निकलकर कहा था, "तुम गधे हो। कौन सुनता है आजकल मास्टरों की ···तुम कहो तो इनकी अक्ल ठिकाने लगा दूँ ?"

"नहीं भाई। कुसूर मेरा है", वह बड़बड़ाता जा रहा था और मैं खड़ा-खड़ा इस बात पर ताज्जुब कर रहा था कि मैं आखिर भूल कैसे गया कि मंगल को ट्यूटोरियल देना है। "असल में यार घर में···"

रपटने को चलती बात मेरे मुँह में ठहर गयी थी। असित को और यह सब?

उस दिन मुझे कड़ुवी तरह लगा था कि मुझ पर बहुत बोझ है। घर में किसी को अहसास तक नहीं कि मेरा बी.ए. का तीसरा वर्ष है। वेस्पा का होना ही काफी नहीं है। युनिवर्सिटी पहुँचने का समय बच जाता है पर घर का उतना ही अतिरिक्त काम लदकर आ जाता है। कितना बिगड़ता था कि जो कुछ कराना है, उसकी लिस्ट बनाकर रखो, एक ही चक्कर में करवा लो, पर···

अब अचरज होता है। वे सब खाइयाँ कहाँ गयीं जिन्हें ये लोग कहते थे मेरे द्वारा ही पाटे जाना है। वह सब काम, जरूरतें, सहारे और सहारों के तर्क। डेढ़ दिन में लगने लगा है कि खास कुछ करने को नहीं है। उपहारों की भेंटाभेटी के बाद, प्रफुल्लता प्रकट करने की गहमागहमी के बाद सब अपने-अपने दड़बों में लौट गये हैं। रह गयी है केवल माँ लबालब अनुग्रह बरसाती।

पहले के दिन रहे होते तो मैं इसे माँ के माँ-पन का इजहार समझता। माने बैठा होता कि जो कुछ भी वह मुझे दे रही है, उसे लेता हुआ भी मैं उसे ही अनुगृहीत कर रहा हूँ। उसकी ममता के पानी को बहने देने की जगह बख्श रहा हूँ।

अब लगता है आपसीपन की यह कितनी भौंड़ी शर्त है। लेना पाना खुद पर देने वाले को इच्छुक उत्कण्ठित समझना। उसके आत्मदान की उदारता को अपना स्थायी अधिकार समझना।

यह बेहूदापन कभी जान ही न पाया होता यदि ले-दे गणित की इतनी सँकरी सुरंग में से टकराता आया न होता। कुछ भी तो मानकर नहीं चल सकते। हर रिश्ते में गणित बराबर रखना पड़ता है। देने को तत्पर हों तो ही लेना चल सकता है। माँ-बाप, भाई-बन्धु, पति-पत्नी जैसे हार्दिक सम्बन्धों में भी हिसाब चलता है। कितना प्यार करते हैं, इसकी माप-तौल को दिखलाते रहना पड़ता है। चूमने-चाटने का क्या इसीलिए कभी अन्त ही नहीं होता।

शुरू-शुरू में इतना अटपटा लगा था कि मार्था से सीधे पूछ बैठा था, "क्या है···यह हर समय का चूमना-चाटना। किसी बात को इतना गाते रहो, तो रिश्ता उथला नहीं पड़ जाता ? कानों के पास भिनभिन चलती रहती है, सत्त निकल जाता है।"

"आर यू स्टुपिड ऑर इन्नोसेण्ट ?" मार्था एक आमोदी-विनोदी भाव से मेरे गले में झूल जाती है, "गरमाई मिलती न रहे तो सामने वाला कहीं और न टहल जाए। हर तरफ एक से बढ़कर एक फुसलावे हैं।"

खोने का डर। इतना विकट पर इतना लिपा-पुता। मैं दूर कहीं दीवारों के अन्दर चुपचाप रहते और प्यार की पटुता के बिना जीते-जागते लोगों के बारे में सोचने लगता हूँ।

वह 'कुछ' क्या होता होगा जो हर हाल में उन्हें अडोल रखता होगा।

ध्यान के इस खोयेपन को तोड़ने के लिए ही शायद माँ ने इस तेजी से कनस्तर खोला होगा। चौखूँटे कनस्तर में कम से कम दस-बारह किलो चावल तो जरूर होंगे।

इतना चावल बीनने में खपने वाले समय का हिसाब लगाता मैं माँ को ध्यान से देखता हूँ। मुचड़ी हुई साड़ी। खिचड़ी बाल। होठों के कोनों से लगी मांस की एक लकीर ढलक आने को तैयार। अँगुलियों के पोरों पर एक कटा-पिटा खुरदरापन चीख रहा है। कौन कहेगा माँ इतने बड़े कॉलेज के प्रिंसिपल पद से रिटायर हुई थीं। उस पद के कोई निशान ?

"क्या देख रहा है ?"

"तुमको।" हाथ बढ़ाकर उसके दायें हाथ की खुरदरी पोरों को मैं अपनी मुट्ठी में दाब लेता हूँ। माँ को थामे रहने की यह मुद्रा एकदम सहूलियत भरी है। मैं आरामकुर्सी पर बैठा हूँ, माँ पास ही पाटले पर निष्क्रिय बैठी है। उसके पोरों और नाखूनों पर मै धीरे-धीरे अपनी अँगुलियाँ फिराता हूँ। उस घड़ी मैं माँ का मुख देखना चाहता हूँ पर हिम्मत नहीं पड़ती। सिर घुमाकर उसकी ओर उन्मुख होने की सुविधा भी महसूस नहीं होती।

इस साँझपन को मैं तोड़ नहीं सकता। माँ है कि एक अदृश्य अकथ तरीके से मेरी ओर बह रही है। कितना कुछ कह रही है। अपनी खरखरी चमड़ी के स्पर्श से दूर⋯कितना दूर ले जाकर।

यह एक बात है जो यहाँ आकर ही समझ में आती है। छूते हुए भी छूने के पार जाना। पार की चीजों को पहले छू पाना और उनके हवाले होकर रहना। मार्था इस बात पर कितना कुढ़ती है।

"क्यों एकाएक⋯यह तुम इस तरह कहाँ चले जाते हो ?" वह मेरी जाँघ से चिपके-चिपके मेरी देह पर पसरी अपनी टाँग परे हटा लेती है और मेरी छाती को

अपने बाहुबन्ध से मुक्ति दे देती है।

मैं जानता हूँ, मार्था मुझे वापस पाने के लिए ऐसा करती है। धक्का जैसा देती है मार्था। नहीं जानती कि वहाँ अगर होता तो कहीं जाता ही क्यों। यह तो कहो, मार्था कभी भीतर तक तन्मय हुई तो जान लेती है, नहीं तो वहाँ देह के आदान-प्रदान से ही काम चल जाता है। कितना कुछ है जो तलछट की तरह नीचे का नीचे ही जमा रह जाता है—अड़कर। पानी का तेज बहाव जमे को निरख लेने की कभी छूट ही नहीं देता। जिन्दगी है कि लदने की परिभाषा बनी रहती है।

माँ का हाथ है कि मेरी मुट्ठी में छटपटाया है। क्या माँ मार्था से ज्यादा संवेदनशील है? मैं लज्जित हो जाता हूँ इसीलिए तुरन्त माँ के हाथ को मुक्त नहीं करता, बल्कि हाथ को और पास खींचकर उसकी पोरों पर एक हल्की-सी पुच्च छाप देता हूँ। मुट्ठी खुल जाती है।

अब इस समय तो मैं माँ से भी परे हूँ। हो गया हूँ अचानक। इसीलिए पलटकर उसे देखना सम्भव हुआ क्या?

घुटने में दबी उसकी चुन्नटों को फड़फड़ाकर कहता हूँ, ''नहायी नहीं अभी तक। कहूँ तुम्हें गन्दी ?''

''नहाना-धोना तो रोज चलता है। होता रहेगा। सोचा, तेरे पास बैठ लूँ। तू अभी खाली बैठा है ?''

''नहीं, खाली तो नहीं बैठा''—'नहीं' शब्द को मैं जान-बूझकर फैलाकर कहता हूँ। ''अभी तो अखबार को हाथ तक नहीं लगाया ।'' जो कुछ यहाँ हो रहा है उसे मैं भूखे की तरह जान लेना चाहता हूँ। तुलना करने को अकुलाता हूँ।

माँ को मैं कहना नहीं चाहता कि कितने ही सिरे समेटने हैं कि मैं खाली होना चाहता हूँ। बिल्कुल रीता। अकेला। इतना अकेला कि बस 'मैं' रहूँ जो मैं कभी नहीं होता।कभी नहीं होता 'यहाँ' और कभी नहीं हो पाता 'वहाँ'। एक पूरा देश है जो मेरी चेतना में ठुँसा-ठुँसा रहता है। एक पूरी संस्कृति, एक पूरा समाज, करने-धरने की एक पूरी पद्धति। मार्था के माध्यम से। मार्था है तो उस देश को मेरी चारदीवारी के भीतर ले आती है। दरवाजे, खिड़कियाँ, झरोखे बन्द कर लेने से कोई फर्क नहीं पड़ता। मार्था है तो फिर वह सब है।

माँ चाहे तो इन सब बातों को जान समझ सकती है। पास के और दूर के अकेलेपन में फर्क कर सकती है पर करेगी क्या? बात चलाऊँ तो झट कहेगी, ''इस

अकेलेपन की मार ने ही तो तुम्हें डुबोया।''

डुबोया ? यह मापक जैसा शब्द जब कहा गया था तो मुझे ईंट जैसा लगा था। चाहे कहने को 'कुछ' ऐसा गलत तो नहीं कहा गया था। अपने बारे में मैं खुद कहने बैठता तो ऐसा ही कुछ कहता पर मेरा अर्थ माँ की तुला के काँटे से परे खड़ा मिलता।

''तुम चाहो तो कमली से अखबार मँगा लो···'' माँ शायद मेरे पिछले कथन का विचार करके कहती है।

''नहीं। रात को पढ़ लूँगा''—कहते-कहते मेरे मन में एक प्रश्न आन छिटका है। प्रश्न के आने की पगडण्डी मैं देख रहा हूँ, माँ कैसे देखेंगी।

''अच्छा ! एक बात बताओ, तुम खालीपन और अकेलेपन में फर्क कर सकती हो ?···मेरा मतलब है हौलदिली और अकेलेपन में ?''

''क्यों पूछ रहा है ?''

''ऐसे ही।''

''क्या बहुत खाली लग रहा है ?''

''नहीं। पुरानी बात कर रहा हूँ। शुरू के दिनों की। जब मैं वहाँ गया था।''

संजीदगी का जाला माँ के चेहरे को छेड़ता हुआ निकल जाता है। ''तुमने पुरानी बातें कभी बतायीं कहाँ ?''

''वह तो मार्था को भी कहाँ बतायीं ?''

''क्यों नहीं ?···क्यों पर ?'' माँ एकाएक चिन्तित हो जाती है। ठहर जाती है। उसके ठहरने में एक इन्तजार है कि आगे की सूचना स्वतः खिंचती चली आए। उस वृत्त को कोंचकर निकालने की जलालत से उसे गुजरना न पड़े।

माँ ऐसा क्यों चाहती है, मैं कुछ-कुछ जान पा सकता हूँ। मार्था के साथ का फैसला माँ-बाप को बाहर रखकर किया गया था। किया नहीं था, स्वतः हो गया था।

बाहरी होने की पीड़ा को माँ अभी भी रेखांकित किये रहना चाहती है। वह इस रिश्ते का अपना निजी दर्द है, जिसे कोई टूटी हुई किरचों की तरह उठाकर बाहर नहीं फेंक सकता।

मुझे चुप देख माँ ने कनस्तर से एक छोटी ढेरी चावल थाली में लुढ़काये हैं। मैं जानता हूँ, अब वह खूब तत्परता से चावल बीनना शुरू करेगी। हाथ में आये धान के छिलके को फेंकने की बजाय चुटकी में रखकर तोड़ती मरोड़ती रहेगी। अबोले से छेदेगी।

चुप्पी से चीथने का यह दण्ड कब खत्म होगा। कभी तो कोई पूछता कि कब कोई ऐसा कुछ करता है। यानी कि वही कुछ क्यों नहीं करता जो उससे चाहा जाता है। चाहे गये को कर गुजरना पराक्रम की बात सही पर न सके तो···।

माँ है तो पूछ तो सकती है कि तुमने ऐसा क्यों किया। श्यामली से बनते-बनते

रिश्ते को स्लेट पर लिखी इबारत की तरह क्यों पोंछ दिया। ऐसे रिश्तों को पोंछ देने की ताकत जिस 'होने' में होती है वह कितना दारुण होता होगा। उसकी कोई छोटी-मोटी तफसील हो सकती है क्या ?

हो सकती होती तो भी···।

घर से कोसों का फासला और हर घड़ी अपने ही लहू में चिपचिप पाँव। रोते-झींकते अक्षरों से यह फासला तय नहीं किया जा सकता था। कभी लिखने की चेष्टा भी की तो पापा का ललकारता हुआ चेहरा ही उभर-उभर आया। कैसे कहता कि हिज मर्चेण्ट सन हैड लॉस्ट द शोर।

दाह एक बार ढाँपी तो फिर ढँकी ही रही। कैसे कहता कि किन चीजों से टकरा रहा हूँ। अक्सर रात बाहर बितानी पड़ती है। दिन में केण्डी बेचनी पड़ती है। थोड़े से सेण्ट्स का जुगाड़ करने के लिए कारों में पेट्रोल भरना पड़ता है। होटलों में क्रॉकरी धोनी पड़ती है। फुटपाथ पर काश्मीरी मफलर और गुजरातियों की बनायी हुई कॉस्ट्यूम ज्युलरी बेचनी पड़ती है। उन सब को सम्मान देने के लिए मेरे पास कुछ नहीं है। कुछ नहीं था।

मैं तो मार्था तक से कह नहीं पाया था कि क्यों मैं उसके पहलू में आकर इस तरह अवसन्न बैठ गया हूँ। उठते-बैठते लगता था, एक खाऊ-सी खोह मेरे पेट के बीचोंबीच पसरती चली जा रही है। अपनी चौड़ाई को पाने के लिए मेरे पुट्ठों को बेतहाशा धकिया रही है। इतनी कि अस्थियों को मुचका कर दम लेगी।

आँख झपकी नहीं कि लगता था घोंट दिया जाऊँगा। चीख भी नहीं पाऊँगा। मिमियाता रह जाऊँगा। चीख भी लिया तो सुन पाएगा कौन ?

कौन जाने मार्था ने मुझे ढूँढ़ा या मैंने मार्था को। मकान के नाम पर उस दड़बे जैसे सेलर में जब वह मुझे छोड़कर गयी थी तो दिन के ग्यारह बजे थे।

दरवाजा खोलते ही कमरे की ऊँचाई पर बने रोशनदान के पार उसने अँगुली दिखाकर कहा था, "वह देखो बर्फ। यहाँ लेटे-लेटे तुम बर्फ भी देख सकते हो।"

उसे क्या पता था कि ऐसी ही नहीं, ···कैसी भी सुन्दरता के लिए मैं तैयार नहीं था। कृतज्ञता प्रकट करने को कहा जाता तो शायद मुझसे निभ जाता।

पिछली रात तलमार्ग (सब-वे) से गुजरते, खूब लम्बे-तगड़े एक हब्शी ने सामने से आकर मेरी नाक की नोक पर एक जबरदस्त घूँसा जमाया था। सारे शरीर में दौड़ गये झन्नाटे से मैं अभी उबर ही नहीं पाया कि मेरी आँखों के सामने तेज-तेज चुटकियाँ बजाते वह चिल्लाया—"टेक आउट व्हाट यू हैव। यू स्वाइन" (निकालो, जो कुछ

तुम्हारे पास है, कुत्ते !)

उसकी गुड़ीमुड़ी भाषा से अधिक यह बात मैं उसकी मुद्रा से समझ पाया था। दीवार के सहारे उठने-उठने के यत्न में ही मैंने अपनी जेबें उलट दीं। सब-वे से निकासी वाला धातु का एक सिक्का खनखना कर गिरा था। अब उसने हाथ बढ़ाकर कॉलर के कुछ नीचे मेरे विण्ड चीटर को मुट्ठी में भींच लिया था। अपनी फौलादी बाँह उठाकर उसने मुझे हवा में ताना और उसी ऊँचाई से जमीन पर पटक दिया। "यू ब्लडी इण्डियन"—कहकर उसने जूते की नोक से मेरे मुँह पर भरपूर ठोकर मारी और आगे निकल गया।

आँख खुलने पर मैंने अपने को 'जेनिथ फोटोग्राफर' के यहाँ पाया था। मार्था ने बताया था उसका पार्टनर मुझे पीठ पर लादकर स्टुडियो में लाया। लादकर लाने की बात पर मैं आश्चर्यचकित हुआ था। ऐसा होना मेरे जाने हुए के विरुद्ध पड़ता था। सड़कों पर कुछ भी होता रहे—कत्ल, हत्या, चोरी, बलात्कार—राहगीर को अपनी राह नापनी है। करुणा ? वह भी काली चमड़ी के प्रति ! असम्भव !

बाद में कभी मार्था ने बताया था कि जेब एकदम खाली हो तो ऐसी ही पिटाई लगती है। जेब में इसलिए कुछ होना चाहिए सो दैट यू कैन शट दीज़ डॉग्स। पैसे के उपयोग की एक नयी जानकारी हाथ लगी थी पर देने के लिए पैसा या जीने के लिए पैसा—वह एक ज्यादा तीखा सवाल था।

मुझे आँखें खोलते देख काउण्टर पर खड़ी मार्था ने हाथ में पकड़े प्रिण्ट परे सरकाये और झुककर बोली—"आर यू ओ. के. (तुम ठीक हो ?) ?

"यस !"

ग्राहक प्रिण्ट लेने आ गया था। निपटी तो पूछने लगी—यू हैव वर्क ?

"नो !" उत्तर मैंने सिर हिलाकर देना चाहा था। सिर हिलाने भर से एक झन्नाहट मेरी धमनी-धमनी में उतर आयी थी। क्यों मुझे मार्था की उपस्थिति बाधक जैसी लगी थी। मैं बुक्का मारकर रो देना चाहता था। रेशे-रेशे की तल्खी को भिगो लेना चाहता था।

"यू हैव होम ?" उसने कोमलता से पूछा था।

"नॉट रियली !"

"कॉफी ?"

"यस, इफ यू प्लीज !" इस बार मैंने अपने सूजे होठों से बोलने का यत्न किया था।

मार्था बाहर के ठेले से ब्लैक कॉफी ले आयी थी। उठने में मैंने उसकी सहायता नहीं चाही पर उसने दी।

"यू ऑर सर्विंग हियर ?" मेरी बारी थी।

"नो, फिफ्टी फिफ्टी पार्टनरशिप। आयम हैफ ओनर।"

उसने 'हाफ' को अमरीकनों की तरह 'हैफ' कहा था। इस शब्द का प्रचलन रिश्तों में उठते-बैठते होता है—हैफ मदर, हैफ फादर, हैफ सन या सिस्टर।

"कीप सिटिंग टिल आय फिनिश माय वर्क" (बैठो, जब तक मैं काम खत्म करती हूँ।) कॉफी पी लेने के बाद उसने मुझे आदेश दिया था।

वह फुर्ती से कभी स्टूडियो, कभी डार्क रूम में हिरती-फिरती रही थी। कोई बैठा है, इस असलियत से बेखबर होकर।

बैठा रहा गुम का गुम। कुछ नहीं था। न भीतर न बाहर। घिरती घेरती एक रिक्ति और बीच में पड़ा एक ढेर—मेरी देह। इसके आगे कोई संवेदन नहीं।

स्टुडियो बन्द करते समय मार्था ने मुझे हिलाया था। कभी बीच में वह मुझे अन्दर फोटो लेने के लिए बनी लम्बी सैटी पर लिटाकर छोड़ गयी थी। गहरा सोया होऊँगा। उस दोपहर ग्राहक मार्था ने लौटा दिये थे। बाद में कभी बताया था। काउण्टर पर ही काम करती रही थी।

स्टुडियो का शटर गिराते उसने कहा था—"तुम चाहो तो तुम्हें यहीं काम मिल सकता है।"

"कैसे करूँगा ? मैं न्यूजर्सी में रहता हूँ। पुल के नीचे, स्लम एरिया में। यहाँ से बहुत दूर पड़ेगा।"

"काम करना चाहोगे तो इधर रहने लगोगे।"

उस रात मैं मार्था के आवास पर सोया था। अगले दिन स्टुडियो जाने से पहले वह मुझे 'एन एबोड विद किचन एण्ड बाथरूम' में छोड़ गयी थी। दोपहर के ग्यारह बजे। रोशनदान के पार अँगुली दिखाते हुए—देखो यहाँ लेटे-लेटे तुम बर्फ भी देख सकते हो।"

मार्था की नजर बचाकर मैंने 'एन एबोड विद किचन एण्ड बाथरूम' का जायजा लिया।

खूब नीची छत। दागदार सिंक के साथ जुड़ा एक छोटा प्लेटफार्म। छत को ऊँचाई तक छूते दो शेल्फ। अंजर-पंजर फ्रिज। गुच्छे के गुच्छे कॉकरोच। कुछ बिखरे बर्तन जिनकी कगारों पर पता नहीं किस-किस की जूठन के निशान। जमीन पर बिछा पुराना कार्पेट हवा में टिकी-सी तले अण्डे की पुरानी गन्ध···

मार्था के जाना चाहने ने यह क्रम तोड़ दिया। वह गयी तो मैं धम्म से सोफे पर

बैठ गया। लगा, खड़ा रहा तो यह सिर को छूती छत दबोच लेगी। पसर जाना मुझे सुविधाजनक लगा।

पसरा नहीं कि प्लेटफार्म जैसे छाती पर चढ़ आया। इतना निकट कि सोफानुमा खाट का दायाँ घुमाव उससे फँसता हुआ फैल पाये। प्लेटफार्म की बगल में एक अदद बायलर। दो बड़े-बड़े पाइप जो मेरी छत को फाड़ते हुए मकान के ऊपरी हिस्से में प्रवेश पाते थे। मकान के असली हिस्से के लिए ताप और गरम पानी की सुविधा के लिए बनाये गये होंगे।

इस अग्निवाह से इतनी निकटता ! पसीना चिपचिपा आया था। सर्दी-वर्फ के दिनों में। मार्था की दिखायी बर्फ की शीतलता पा लेने की चेष्टा की थी, पर सोफे पर लेटे दो कँटीले तारों की लम्बाई आकाश के टुकड़े को काटती नजर आयी थी। दरवाजे के बाहर इतना खुला मैदान भी है जहाँ सफेद-सफेद फाहेदार बर्फ गिरती रहती होगी, इसे वहाँ रहते जाना नहीं जा सकता था।

कब सोया, कितना सोया, कुछ पता नहीं। आवाज के आघात से ही जागा होऊँगा।

मार्था थी। दूसरी बाँहों से दरवाजे को ढकेलती वह भीतर घुसी थी। खूब सर्द झोंका और सिन्दूरी रोशनी की कतरन उस घुप्प अँधेरे में उसके साथ ही भीतर दाखिल हुई थी।

खट ! आते ही उसने रोशनी कर दी और ओवरकोट उतारकर कुरसी की पीठ पर फेंक दिया। ठण्डी गैस पर केतली रखी हुई थी। तभी याद आया, थोड़ी देर पहले उठने की चेष्टा में मैं केतली में पानी भरकर गैस पर रख आया था और लाइटर न ढूँढ़ पाने के कारण दोबारा पड़कर सो गया था।

मार्था के रोशनी करने का अर्थ था—उठो। पर ऐसा बन नहीं पाया था। रगों में रेंगती-सी चींटियाँ। सिर ऐसा जड़ ठूँठ कि लगे बैठ गया तो कन्धों पर कैसे टिक पाएगा।

"यू लेजी लम्प ! स्टिल स्लीपिंग ?" अपने कन्धे पर का बैग फेंककर मार्था ने मुझे सोफे के गड्ढे से बाहर खींचने की कोशिश की थी।

कोशिश निष्फल गयी तो वह सिमटकर मेरे ही पास सोफे पर बैठ गयी और मेरी भौंहों पर अँगुलियाँ फिराने लगी।

मैं खटाक से उठ बैठा। लगा, मैं मार्था के भीतर के किसी गोपनीय हिस्से को अनचाहे भी देख पा रहा हूँ।

मेरे उठते ही वह भी उठ खड़ी हुई। बैग से बटुआ निकालकर बोली—"यह लो अपने 40 डॉलर। एक जैकेट बेच दी है।"

"किसे दी ?"

"हाउ इट् मैटर्स। चाहोगे तो बाकी की भी स्टुडियो में रख लेंगे। बिक जाएँगी।" उसके कथन में एक समापन का भाव था।

अब वह पर्स से ब्रुश निकालकर जल्दी-जल्दी अपने बालों को सुलझा रही थी। फिर बायें हाथ में छोटे-से हैण्डल वाला शीशा और होठों पर दोहरायी जाती लिपस्टिक। फिर एक स्कार्फ खींचकर सिर पर बाँधने का उपक्रम। यह बाहर की बर्फीली हवा से भिड़ने की तैयारी थी।

मैं उद्विग्न हो आया। लगा मार्था जाने वाली है। मार्था चली जाएगी। रह जाऊँगा मैं। यहाँ। नीची छतों और तपते पाइप की प्रबलताओं में घुटता हुआ।

"कहीं चलोगी ? बाहर···लेट अस सेलीब्रेट···एटलीस्ट टुडे", मैंने धीरे से उसे पूछा।सोफे पर पड़े कागज के हरे टुकड़े मैंने उसकी ओर सरकाये थे। रुकने के लिए चारा न डालना होता तो इन्हें मुट्ठी में भींचकर छाती की पाकेट में रखता।

"नऽऽहीं। आज नहीं।" वह अटकती-सी बोली, "समवन इज वेटिंग, मुझे घर पहुँचना है।"

नन्हा-सा घूँसा। छाती में। उसके जाने पर नहीं। अपने वहीं छूट जाने पर। अमंगल की अदृश्य हवा में। अछोर। अकेला। दहशत जाग गयी।

बैठे ही बैठे, उसकी स्कर्ट की निचली कोर मैंने अँगुलियों की चुटकी से पकड़ी। खींची। क्षीण-सा आग्रह। मुँह से भी दोहराया—"जरा देर तो बैठो, फिर चली जाना।"

वह पलटी—"यू डोण्ट हैव एनीवन ?" तुम्हारा कोई नहीं है ?

"नन" कहते-कहते मेरे गले में बगूला जैसा उचक आया था।

वह बैठ तो गयी पर मन में खड़ी रही। एक उठुँग ओढ़ा हुआ भद्राचार। दहशत लौट आयी थी। नसों में रेंगती जर्जर-सी कँपकँपी एक उतावला-सा प्रश्न मेरे मुँह में छोड़ गयी थी।

"····सुनो, क्या तुम कभी अपना देश छोड़कर कहीं गयी हो ?"

"हमें अपना देश छोड़कर कहीं जाना नहीं पड़ता। दूसरे आते हैं। इतना बड़ा जो है।"

बाँहें फैलाकर इतना बड़ा बताने में उसकी कट-स्लीव के नीचे से भूरे बालों के दो गुच्छे झाँकने लगते हैं, जो मुझे उस समय अप्रसन्न करते हैं।

"तब फिर तुम कैसे जान सकती हो···कैसा-कैसा लगता है ?"

"कैसा ?" वह मेरी देह को अपनी बाँहों की कुण्डली में लपेटने की कोशिश करती है।

मैं झटके से उसकी चंगुल से बाहर आ जाता हूँ। उसे क्या पता मेरे भीतर एक तुला जैसी लटकी है। तुला की एक डण्डी सात समन्दर पार की किसी अपेक्षा से

बँधी है। दूसरी डण्डी पर मैं। भूगोल। खोह। अँधेरा। और अब मार्था। तुला के न्याय पर विश्वास करने बैठूँगा तो भारी को समर्पित हो जाएगी। स्थूलता जीतेगी।

लगा, मार्था ने जाने का इरादा बदल दिया है। वह अब मुझे चूमने-चाटने लगी है। मैं उस सोफानुमा पलँग से कूदकर दीवार के सहारे जमीन पर बैठ जाता हूँ। उफ़् कमरा कितना गरम है, दीवार कितनी ठण्डी।

''सो यू आर रियली सीरियस···एण्ड सिक।''

''कहा था न तुम इन बातों को नहीं जान सकती।''

''चलो, जान लेती हूँ।'' वह मेरे सामने बैठी हथेलियों में अपने गालों को बाँधे मुझे एकटक देखने लगती है। उसकी आँखों में अब एक लपट जैसी सुलग रही है।

''नहीं, एकदम नहीं जान सकती तुम। कितनी छोटी-छोटी बातों के लिए भूखा हो जाता है मन। अपनी पहचान की चीजें ढूँढ़ता है—दुकानें, साइनबोर्ड, रास्ते, आकाश का रंग, आवाजें, बच्चे-बूढ़े, चेहरे का रंग। सब कुछ मिस करता है।···आलमोस्ट एवरीथिंग। पर जानती हो क्या मिलता है चारों ओर। सब कुछ एकदम अलग···डिफरेण्ट। थोड़े दिन तो कुछ इण्टरेस्टिंग लगता है, फिर खालीपन दबोचने लगता है। हर पल लगता है—मैं कहीं और हूँ···कहीं बाहर···और अकेला।''

''ओह ! यह तुम क्या बक रहे हो। मुझे लगा, तुम अपने पेरेण्ट्स और ग्रैनी की बात करोगे।''

''मैंने कहा था न, नहीं समझ पाओगी तुम। फासला समझती हो···फासला।'' डिस्टेन्स। हाउ इज इट टु फील द डिस्टेन्स इन युअर रिब्बस। लगता है आवाज दी, तो देर से सुनी जाएगी। चलने लगूँ तो देर से घर पहुँचूँगा···चिट्ठी चली तो देर से आएगी···कब-कब क्या-क्या हो जाएगा, पता नहीं। मैं रास्ते में ही अटका रह जाऊँगा। जो कुछ भी मैं यहाँ रहते हुए देखता हूँ—अमीरी-गरीबी, ठाठ-बाठ, झगड़े-दोस्त कुछ भी असर नहीं करता। कुछ अपना नहीं लगता।''

वह ऊबती-सी कहती है—मैं क्रेजी हूँ। सेण्टिमेण्टल फूल। बहकने को तैयार बैठा रहता हूँ। फिर ठुनठुनाते हुए कहती है, क्योंकि मैं किसी को प्यार नहीं करता। करता होता तो यह बकवास ···

आँखें तरेरते हुए वह मेरी बगलों के नीचे अपने हाथ घोंप देती है। धीरे-धीरे मुझे फर्श पर घसीटकर अपनी लम्बाई से ढाँप देती है।

फिर से सब कुछ ढक जाता है। भीतर वही सीढ़ियाँ दिखाई देने लग जाती हैं जो सदा अलग-अलग मालों पर ले जाती हैं। बाहर शरीर काम करने लग जाता है।

मार्था तृप्त होती है तो कॉफी बनाने लगती है। केतली ऑन करके वह बाथरूम में दाखिल होती है। केतली की गुड़गुड़ाहट मेरे पेट में भी बजने लगती है। कॉफी

बनाकर वह पहले मेरे मुँह से लगाती है।

"तुम्हारा मग कहाँ है ?"

"मेरा ?" वह चंचलता से हँसती है और उसी मग में से खुद घूँट भरती हुई मुझे दे देती है। कभी वह। कभी मैं। बीच में भारी तल्ले वाला एक बड़ा चित्तीदार मग।

एक असात्विक-सी उदासी मेरे भीतर सीढ़ियाँ उतरने लगती है। मैं उसे चिल्लाकर कह देना चाहता हूँ—"यू आर नॉट माय आन्सर मार्था"—तुम मेरा समाधान नहीं हो। तुम किसी पेड़ की फुनगी पर हवा से आन लटका एक पत्ता हो, जो मेरी झोली में गिर रहा है…।

पर नहीं कहता। जानेगी कि मैं क्यों उसके कन्धों पर झुका हूँ तो कथरी उठाकर चल देगी। शायद ऐसा न भी करे। कोई उपयोगी है, यह अहसास अच्छा लग सकता है। यहाँ के चलन के तो एकदम अनुकूल पड़ता है।

स्टूडियो में अब मैं, राबर्ट्स और मार्था। यहाँ एक प्रकट हायरारिकी है। राबर्ट्स मालिक और मैनेजर दोनों है। अलग से रखी एक कुर्सी पर बैठता है। कैश सँभालता है।

मार्था स्टूडियो के अन्दर के और बाहर के सभी काम देखती है। मैं ज्यादातर डार्करूम में काम करने के लिए रखा गया हूँ।

राबर्ट्स ने मुझे हफ्ते के 110 डालर्स देने को कहे थे। मैं कुनमुनाया था। मार्था ने मेरे पैर का अँगूठा दाबते हुए 20 और बढ़ा दिये। मैं चुप हो गया। मार्था के संकेत के खुलने का इन्तजार करता रहा। मेरी कठिनाइयाँ मार्था जानती है। अभी तो प्रशान्त के फ्लैट के किराये की दो किश्तें बाकी हैं।

राबर्ट्स चला गया तो मार्था ने समझाया, "दूसरों को तुम्हारी समस्याओं से क्या लेना-देना ! ज्यादा पैसे तुम्हें कोई कैसे दे देगा। तुम्हारे पास ग्रीनकार्ड नहीं है। किसी भी मालिक को लग सकता है, तुम्हें काम सिखाने पर पैसा भी लगाए और तुम चल दो।"

मार्था नहीं जानती, चल देने की ओर ठेलने को कितनी ही चीजें हैं पर मैं चल नहीं देता। रास्ते खुले हुए हैं पर पैर किस कदर जमे हैं।

जानता हूँ ग्रीन कार्ड सिकन्दर कार्ड है। जब तक मिल नहीं जाता मेरे मत्थे पर 'चीप लेबर' का ठप्पा लगा रहेगा। आत्मसम्मान कहीं बचा होगा तो धुलता रहेगा।

मार्था ने मुँह उतरा देखा तो दिलासा दिया। चिन्ता न करूँ, थोड़े दिनों बाद वह 50 डालर और बढ़वा देगी और फिलहाल दोनों किश्तें भी निपटा देगी। बाद में कभी मुझसे ले लेगी। मुझे समझ लेना चाहिए था, वसूल लेगी।

आगे के किसी एक दिन।

हाइपो के घोल में भीगते चित्रों को उकेरते मार्था ने पानी की ट्रे में ही मेरे हाथों को थाम लिया था और कान के पास फुसफुसायी थी—"आय लाइक इण्डियन्स। दे आर सो फेथफुल।"

एकाएक कोई उत्तर मुझसे नहीं बन पड़ा था। वह कोई, जो उस दिन मार्था का इन्तजार कर रहा था···क्या चला गया ? यानि छोड़ गया ?

मैंने उसे भेदने की कोशिश की। डार्करूम की ललियाई मद्धम रोशनी में उसका चेहरा देखा नहीं जा सकता था। ठण्डे पानी में भी चपलचित्त उसके हाथों को महसूस किया जा सकता था, बस।

तभी अपने पंजों को तनिक उचकाकर उसने मेरे बायें कान के नीचे का हिस्सा चूमा था। दो पंखुरी जितनी त्वचा एकाएक सुलग उठी थी। पर अपने पैरों को वहीं का वहीं गड़ाये रखने का मैंने प्राणपण निर्णय-सा लिया।

वह क्यों हतोत्साहित नहीं हुई, नहीं जानता। पीछे से आकर अपनी दोनों बाँहें मेरी बगलों के नीचे से लाकर उसने मेरे सीने पर बाँधी। भींची। फिर लपककर स्टुडियो से बाहर निकल गयी। अच्छा था, निकल गयी। मेरी पीठ पर दो बल्ब जैसे जल उठे थे। उसके चले जाने से तनाव शिथिल हो गया था।

चित्रों को छोड़कर मैं दीवार के साथ लगे ऊँचे स्टूल पर जा बैठा। दीवार से टिककर आँखें मूँदे। हवा के कोटर में मैंने दोनों हाथ लम्बा लिये थे।

स्टुडियो के परिदृश्य से परे पहुँच जाने की मैंने भरसक चेष्टा की थी। कहीं परे। बहुत परे जहाँ झंकार का झाला झमझम बजता है।

वहाँ सब सुन्न था। या मेरा ही एण्टीना कमजोर हो रहा था। याकि मैं हड़बड़ाया हुआ था ?

क्यों मेरा आह्वान स्वीकार नहीं हुआ था ?

तभी मार्था डार्करूम में घुसी थी। डार्करूम का दरवाजा उसने ठोकर मारकर खोला होगा। उसके बायें हाथ में एक बड़ा पैकेट और दायें में चाकलेट बार की दो लम्बी पट्टियाँ थीं।

भीतर कुछ खनखनाकर टूटा था। यह भी पता नहीं क्या।

गरमागरम हैम्बर्गर की गन्ध भूरे पैकेट को लाँघकर निकल भाग रही थी। केबिन के छोटेपन को हथिया रही थी। मैकडॉनल्डस का हैम्बर्गर—बीफ़ का होगा। बीफ़ यानी गौमांस। गौमांस को 'बीफ़' कह देने से गौमांस जैसा नहीं लगता। झटका नहीं लगता।

दीवार के सहारे टिके मेरे सिर को छेड़े बिना मार्था ने रैपर खोलकर आइसक्रीम मेरे मुँह में ठूँसी। जाँघ पर पड़े मेरे हाथ को उठाकर डण्डी थमायी।

"पहले आइसक्रीम खा लेते हैं, पिघल जाएगी।" उसने खुलासा किया। दूसरा रैपर खोलकर अपने को दूसरे स्टूल पर आसीन किया और पैर हिलाती आइसक्रीम खाती रही। खूब चपल चहकती-सी मुद्रा।

तबसे एक क्रिया थी जो मुझपर क्रियान्वित होने लगी थी। लगा, चुने बिना ही मैं एकाएक चुन लिया गया हूँ। झेलने लगा हूँ।

मैं मार्था से क्यों नहीं कह पाया कि मुझे यह सब नहीं चाहिए। याकि मुझे सच में यह सब चाहिए था।

"कहाँ हो तुम ? जब तक हो तब तक तो यहाँ रहो।"

माँ की आवाज में तुर्शी की गन्ध है। हो सकता है पिछली बात के चलते। पुरानी बातों के न बताने पर वह दुखी हो रही थी।

पहले के दिन होते तो वह कभी भी बोलने की पहल न करती। उत्तर के लिए रुकी रहती। ऐसा अनथक धीरज माँ की आदत में शुमार है। अब पिघली-पिघली-सी .खती है। मेरे यहाँ होने का कतरा-कतरा बीन लेने को ललसायी जैसी लगती है।

यह बुभुक्षा भी शायद माँ के छोर तक बची होगी और सबके लिए तो सम्बन्ध कपड़ों की तरह सूखकर अलमारियों में पहुँच गये।

"तुम ठीक कहती हो। डाँट दिया करो।"

"थे कहाँ तुम ?...वहाँ ?...पीछे ?" माँ मार्था के नाम से बचकर निकली है।

"और कहाँ। इतनी छोटी-सी तो दुनिया है।"

"छोटी-सी दुनिया और तेरी ?"

"तो तुम भी ?...हाँ, तुम भी वहाँ के चौधरापे का बखान शुरू करो। जैसे मैं कोई एक आदमी नहीं, पूरा अमरीका हूँ। हर हाल में चुस्त-दुरुस्त... गुड, बेटर, बेस्ट।"

आगे की ढलान इतनी रपटीली है कि मेरे लिए पलट आना जरूरी है। मैं झट से पुराने प्रसंग के थैले में हाथ डाल लेता हूँ—

"अच्छा यह तो फिर भी बताया नहीं कि क्यों हटायी तुमने फोटो ?"

"ओऽऽ हो ! तू एक ही बात के पीछे क्यों पड़ा है ?"

माँ को क्या पता मुझे कहाँ गड़ रहा है। औरों ने तो जो किया सो किया...माँ ने भी ? मैली चादर की तरह लपेटकर किसी कोने में ठूँस दिया।

"बताओ न !" बात का सिरा अपने से जुड़ा है तो वैसा जोर देकर पूछ भी नहीं सकता। फिर आग्रह करता हूँ तो माँ हँसने लगती है। बादलों के छँटने की यह फिजाँ मुझे मोहक लगती है।

माँ के हँसने में फिर से वही आँसुओं की बाढ़। सराबोर।—"बूझो अच्छा" वह आँखें पोंछती हुई कहती है।

मैं बूझने का नाटक करने लगता हूँ। शायद चाहता हूँ, माँ उसी भरी-पूरी बाढ़ वाली मेंड़ पर खड़ी रहे। अपने सामने दिखती धुरी पर घूमती रहे—उतनी छोटी-सी पर उतनी बड़ी लगती माँ।

कितनी अनहोनी बात है। घर में सब हैं—पापा हैं, भैया हैं, भाभी हैं, बच्चे हैं पर अधिकार का छोर खिसकते-खिसकते माँ की मुट्ठी में संचित हो गया है या यह केवल मेरा वहम है।

छोटा था तो अच्छा था। माँ से लाड़-लिबाड़ सम्भव था। अब तो खुद के बड़े हो जाने की दूरी। अपनी माँ और अपने बीच उठ चुकी अपनी ही देह की दीवार।

अब देह की बात उठती है तो केवल मार्था को लेकर उठती है। मेरी देह पर मार्था के हक वाली तख्ती चिपकी है। बड़ा हो जाते ही देह पर नाम और काम दाग दिये जाते हैं, फिर कभी वहाँ से वापसी नहीं होती। शिशु से आदमी बन सकता है, आदमी से शिशु बन जाने की कोई जुगत नहीं बनती। एक माँ ही ऐसी होगी जो अपनी धुरी पर सदा से कायम रहती होगी—अकाल अनन्त तक।

मार्था का पार्टनर राबर्ट्स। कुछ ऐसी ही बात पर मेरी उससे झड़प जैसी हुई थी। उस दिन चलते-चलते माँ का लम्बा-सा पत्र आया था। पढ़ते-पढ़ते मन कच्चा-सा हो आया था। जाने कैसे कह बैठा—"संसार की ऐसी कोई किताब नहीं होगी जहाँ माँ दरज न हुई हो। क्योंकि माँ व्यक्ति नहीं, सनातनता है, शी इज ए टाइमलेस कान्सेप्ट। तभी तो वह सबको ऐसी ही लगती है। एक जैसी। शी एक्साइट्स द सेम

फीलिंग्स एवरी व्हेहर।''

राबट्र्स अपनी वही ठीं ठीं करती हँसी हँसा था—''तुम इण्डियन्स हर बात को कुछ ज्यादा ही रोमाण्टिसाइज करते हो। ठीक है, माँ बचपन में गाइडिंग स्टार होती है पर देखा नहीं, हमारे यहाँ लोग कितनी जल्दी वयस्क हो जाते हैं। माँ की गोद से छूट भागने को उतावले रहते हैं।''

यह क्यों नहीं कहते, हर चौथे साल माँ बदल जाती है, जीभ की नोक पर आ चुकने के बाद भी मैं अपना वाक्य निगल लेना ठीक समझता हूँ। आग भड़की तो अपने ही दामन को झुलसाने आएगी। वैसे भी राबट्र्स बेढंगी जैसी चीज है। अमरीकन होने की श्रेष्ठता को विण्डचीटर की तरह ओढ़े घूमता है।

''हमारे यहाँ ऐसा कुछ नहीं कहा जा सकता।'' मैं यथासम्भव शान्त रहकर कहता हूँ। ''वैसे भी, दूसरा छोर जब देखा ही नहीं तो तुलना कैसे हो सकती है।''

''तुलना तो वैसे भी नहीं हो सकती साधुओं और साँपों के देश से।'' वह सन्दर्भ फैला लेता है।

''हाँ, नहीं हो सकती।'' तपिश को दबाने की कोशिश में मैं झुलसा जा रहा हूँ। ''क्योंकि तुलना के लिए किसी देश की अन्दरूनी बातों को जानना पड़ता है। ऐसा न होता तो यहाँ के लोग उधर क्यों भागे जाते।''

''आय वुड करेक्ट यू सर। हम लोग नहीं, तुम लोग भागे आते हो। ऐवीडेंस सामने है।'' वह मेरी ओर धृष्टता से अँगुली दर्शाते हुए कहता है। ''कुछ तो ऐसी खूबियाँ होंगी यहाँ।''

मैं झेंप जाता हूँ पर मात नहीं खाना चाहता। ''खूबियाँ तो हर कहीं होती हैं, पर अक्लमन्द वह जो खूबियों का इस्तेमाल करना जाने। यहाँ के लोग तो अपने बारे में भी पूरी तरह नहीं जानते।''

''कौन कहता है ?''

''यह कहता है।'' 'न्यूयॉर्क टाइम्स' का वह कॉलम। मैं उसके सामने बिछा देता हूँ। अखबार में पिछले दो महीने से किये जाते अमरीकन बच्चों के सामान्य ज्ञान के सर्वे की रिपोर्ट आयी है। निष्कर्ष है—दूसरे देशों के बारे में उनका ज्ञान अल्प और मन्द है। प्रवक्ता ने उनके ज्ञान को ''पुअर''वेरी वेरी पुअर'' की श्रेणी दी है।

''इन बच्चों को यह सब जानने की जरूरत क्या है ?''

''आप जानें।'' मैं पेप्सी का कैन डस्टबिन में फेंक देता हूँ और लान में निकलकर लम्बी साँसें लेने लगता हूँ। अभी पन्द्रह मिनट बाद स्टुडियो में इसी दुष्ट से भिड़ते हुए समय गुजारना पड़ेगा।

राबट्र्स और मार्था के रवैये में मुझे कोई खास दूरी नहीं लगती।

राबट्र्स और मार्था।

मार्था और राबट्र्स। अक्सर यह मुझे एक ही पंक्ति में गुँथे हुए शब्दों की तहरीर लगती है। एक भाषा, एक देश, एक रंग, एक-से विचार। जाने किस करतब से जानता हूँ कि राबट्र्स के मन में मेरे और मार्था के जुड़ाव का दंश है। मार्था को मौके-बेमौके कोंचता रहता है, पर वह मार्था का छोर है, मैं उसे हाथ में लेने की चेष्टा नहीं करता। राबट्र्स को आधे-मालिक का दर्जा देता हूँ। अपने काम से काम एक अच्छा गुर है। हर हाल उसे यहाँ सीखना होता है। न कर सकें, तो फिंक जाने के लिए तैयार रहना पड़ता है। मुरव्वत का जज्बा यहाँ के आकाश की चीज ही नहीं। सारा श्रम, सबका श्रम अपने आप से बटोर कर दे देना पड़ता है, फिर उसमें से देश की समृद्धि का इतिहास बनता है।

माँ कुछ पल तो मेरी चुप्पी को मान लेती है फिर उद्विग्न होने लगती है। मेरे समय पर राशन है, यह बात वह कभी नहीं भूल पाती।

"तू लगातार पत्र क्यों नहीं लिखता रे, मैं तेरे पापा के सामने बात टाल जाती हूँ, इसका यह मतलब तो नहीं···"

"ऐसे ही बस···"

"मार्था मना करती होगी"—माँ ने आगे उकसाया है।

मार्था ! मार्था की क्या औकात कि मना करे। अभी तो यह भी पता नहीं कि वह मेरी जिन्दगी में कितने दिनों का मौसम है पर अपना मनोभाव मैं माँ से नहीं कहता। जो कहता हूँ—

"नहीं, मना क्यों करेगी। वहाँ कोई किसी की बात में दखल नहीं देता। मरो या जिओ, आपकी अपनी जिन्दगी है।"

"तो फिर क्या है ?"

एक ऐसी ढलान। माँ को नहीं पता, रपटन वाले खण्डों पर खड़े होकर किसी सच का आख्यान नहीं हो सकता। इतनी लम्बी और इतनी छोटी बात का दो अक्षरों में उत्तर भी नहीं दिया जा सकता।

क्या वह जान सकती है कि किसी परिधि के न होने से कैसे कोई अपनी नोक भर धुरी में धँसता चला जाता है। अपने पैरों के नीचे की कीच में लिसलिसाता रहता है। यह सारे दृश्य इतने सुन्दर तो नहीं कि बयान का उद्यम करूँ।

"बताया नहीं तुमने ?"

"क्या बताऊँ···अक्सर फोन तो करता हूँ"—मैंने टालने की कोशिश की।

"यह जाने कहाँ का चलन है। फोन में क्या पैसे नहीं लगते?"

"उतने नहीं अखरते···कुछ घण्टों की कमाई है।"

"फोन कौन-सा घर में आता है। दफ्तर में आता है। तुम्हारे पापा जितना चाहें। बता देते हैं।"

"क्यों नहीं बताते होंगे।"

"अब दो-तीन मिनट की बात को जितना चाहो निचोड़ते रहो।"

"तुम ठीक कहती हो। अब की ध्यान रखूँगा"—माँ पर दया जैसी आने लगती है। अपने पर फैलती यह परछाई माँ के पल्लू पर सरक जाती है। मैं फिर से माँ का हाथ पकड़ लेना चाहता हूँ पर ऐसा करने से कतराता हूँ। इस समय उसके हाथ थाली में पड़ी चावल की छोटी-सी ढेरी पर शिथिल रखे हैं और आँखें हैं कि मुझपर टिकी हैं।

दृष्टि का यह सामना माँ को एकाएक विचलित कर देता है—"चल, छोड़···मैंने तो सोच लिया कि तू गया सो गया।"

माँ की आवाज में एक लहर काँप जाती है।

बाहर से घण्टी की आवाज आती है। माँ लपककर दरवाजा खोलने जाती है। कमली जाती ही फिर माँ क्यों गयी। क्या अपनी ओट के लिए ?

माली आया है। बाहर की छोटी-सी बगीची के अतिरिक्त अन्दर के आँगन में दीवार से लगी दो छोटी-छोटी क्यारियाँ हैं। एक तो पुदीने के हरियाये झबरेपन से पटी पड़ी है। दूसरी ऊपर चढ़ती बेलों के पैरों की आधार बनकर लेटी है।

मुझे देखते ही माली फूलकर गुब्बारा हो जाता है—"ओह, तो कुँवर साब आये हुए हैं।"

"कौन कुँवर ?"

"तुम्हें कह रहा है"—माँ उत्तर देती है।

"मुझे ? मुझे क्यों ?" अपने पर गिरे इस शब्द को मैं बिच्छू की तरह झटककर फेंक देना चाहता हूँ।

"माली राजस्थान का है, इसलिए तुम्हें कुँवर जी कहता है।"

माली तीखा प्रतिवाद करता है, "इसमें राजस्थानी होने की क्या बात है। दादा साब रहे होते तो आप गली-गली कुँवर कहलाते।"

कुँवर की कलगी अपनी कंगाली को कुछ भारी-जैसी लगती है। ऐसी कंगाली में भी यहाँ का लौण्डा कुँवर बनकर बैठा रह सकता है। बाबा और बाप के जड़ाये मुकुट से अपने सिर का सिंगार कर सकता है। सिफर अपने पास हो फिर भी एक और एक और एक जोड़कर दस बन सकते हैं—यहाँ। पर वहाँ ? हर कोई अपने पैरों की सीध में खड़ा एक अकेला कामगार।

''सलाम कुँवर साब !'' माली माथे तक हाथ ले जाता है फिर क्यारी में खुरपी चलाने को तत्पर हो जाता है।

मेरे अन्दर एक तपिश जैसी सघन होने लगती है··· कहाँ ?···किस कण में? ओह तुम श्यामली। यह खुरपी कौन-कौन-सी जड़ों को ठेल रही होगी। काट-पीट कर कितनी ही परतों को निर्गुण कर देगी।

माली के हाथ जल्दी-जल्दी मुट्ठी उकेर रहे हैं। खुरपी की काप से क्या पौधे आहत हो रहे हैं?

मुझे अनायास हयामा मोशिको की कहानी 'एक खत' याद आने लगती है। सीमेण्ट के कारखाने में काम करने वाली लड़की के कद के बराबर अपने को नापने में लज्जा भी उतनी ही आती है।

''क्यारियों में यह जो मिट्टी है वह तो बनी रहती होगी ?'' मैं माली से प्रश्न करने लगता हूँ।

''नहीं, कुँवर साब ! छः-छः महीने बाद मिट्टी और खाद बदल देनी पड़ती है। खोखली हो जाती है। बहू जी, अब की नयी मिट्टी मँगानी पड़ेगी···खाद भी।''

''हाँ, अगले महीने''—माँ शान्त भाव से उत्तर देती है।

मैं सागर भर काँप जाता हूँ।

मुझे लगा, मैं एकाएक थक जैसा गया हूँ। क्योंकि माँ से ऐसा कुछ कह डालने में प्रवृत्त हूँ—

''तुम कहो तो मैं थोड़ी देर बाहर एक चक्कर लगाकर आऊँ ?'' मन में वसीम के बुलावे का अनिश्चय भरा इन्तजार है। वह जब चाहेगा, चल देना होगा। वह बात मैंने अब तक जाहिर तक नहीं की। जाहिर कर देने की सुविधा से, न जाने क्यों आँख मूँद ली।

जाने को कहने पर माँ का सिर, हाथ, कन्धे सब एक साथ 'न' की मुद्रा में हिले हैं। अपने समय में कटौती की सम्भावना से वह शायद कातर हो आयी है।

''अभी थोड़ी देर में तेरी भाभी और बच्चे आ जाएँगे तब···''

मैं कुर्सी से उठता-उठता फिर बैठ जाता हूँ। महत्त्व के अहसास से अपने को गरमाने की कोशिश करता हूँ।

''लो, नहीं जाता। अब बताओ, क्या कह रही हो ?''

इतनी मुखर जैसी माँग को सामने देख माँ सकपका गयी। कुछ परे-सा जाते कहती है—

''नहीं, तुम्हें जाना है तो जाओ। मैं तब तक कुछ और कर लेती हूँ। सच तो यह है कि तेरे आने पर किसी काम में चित्त ही नहीं लगता। पूजा तक में नहीं। आज, सुबह...''

''न सही थोड़े दिन काम''—मैं माँ को आड़ में लेने की कोशिश करता हूँ पर खुद काम की रफ्तार के उन्हीं अनवरत चक्रों को नापने निकल जाता हूँ, जिन्हें पीछे छोड़कर आया हूँ— पिसना। घिसना। जुटना। खटना! युवापन में बने रहने का यही एक लक्षण है। बुढ़ापा उन सरहदों पर बेहद निर्मम और दुर्गम है। जिन्दगी की इतनी तेज रफ्तार बूढ़ों को धकेलते हुए चलती है। उनके अनुभव की रोशनी को 'ओल्ड होम्स' की दीवारों में कैद कर देती है।

माँ बचपन में एक कहानी सुनाया करती थी कि कैसे एक बारात में बूढ़ों के आने पर रोक लगा दी गयी थी तो गाँव के लोग अपने बुजुर्ग को एक खूब बड़े ढोल में बन्द करके ले गये। चिन्ता यह कि बुजुर्ग साथ न हुए तो अचानक आन पड़ी विपदा का निस्तार कैसे होगा।

मैं एकाएक उस बन आयी विपदा को जान लेना चाहता हूँ, ''माँ वह तुम ढोल में बुजुर्गों को बारात में ले जाने वाली कौन-सी कहानी सुनाया करती थी ?''

माँ मुझे मुँह बाये देखती है, ''यह तू कहाँ-कहाँ की बातें खोद-खोद कर निकाल लाता है ?''

''यहाँ के पानी का असर होगा। आते ही बाप-दादे, कथा-कहानियाँ याद आने लगती हैं। बड़ा-बड़ा-सा हो जाता है सब कुछ।''

एक टिकी हुई दृष्टि से माँ मुझे घूरती है, ''क्या तू खुश नहीं रे वहाँ ?''

''नहीं। खुश क्यो नहीं।''

''ऐसी मरी-मरी-सी आवाज में खुशी जतायी जाती है। क्या मार्था को लेकर कोई बात है ?''

मैं उत्तर नहीं देता पर मेरा माथा जलने लगता है।

''मैंने कुछ पूछा है न तुमसे ?'' माँ मुझे ठेलती है

''नहीं, एकदम कोई बात नहीं''—इस बात को खूब जोर देकर कहना मुझे जरूरी लगता है। भूलना नहीं चाहता, मार्था मुझ अकेले की जिम्मेदारी है। उसे एक सन्दर्भ से ज्यादा यहाँ फैलाया नहीं जा सकता।

''लगता है तेरा वहाँ दिल नहीं लगता। पल-पल ध्यान भटकता है''—माँ मुझे ठेलने में लगी है।

''ध्यान को भटकने की मोहलत कहाँ होती है ? जुते रहना पड़ता है। जुतने की खूबियाँ तुम नहीं जानती। दौड़ते, भागते रहो, मन चाहे कंगाल बना रहे।''

माँ मुझे एकटक देखती है फिर हिचकिचाते हुए पूछती है, ''कभी पछतावा होता

है ?''

''नऽऽ हीं''—इस शब्द को पाने के लिए मैं अपने पूरे आप की पूरी बिसात को बटोर लेना चाहता हूँ।

कितनी अटपटी-सी चुप्पी। मन की कंगाली की बात क्या माँ को किसी भँवर में फेंक गयी।···

''तुम दोनों ने क्या दो ही रहने का फैसला कर रखा है ?'' वह सोचते-सोचते धीरे-धीरे अपना प्रश्न पूरा करती हैं।

यह कौन से प्रश्न का पहाड़। ठीक आँख के सामने। इस प्रश्न को लेकर मुझे पहले से तैयार रहना चाहिए था। एक लहर के भीतर से निकलती दूसरी लहर। गिरा देने वाले डण्ठल पर फिर से फूटता एक पत्ता। पिता-पन और माँ-पन में से उबरता एक बचपन···माँ तो उसी वास्तविकता को सहज मानेगी। यहाँ हो या वहाँ, पीढ़ी दर पीढ़ी के तर्क को स्थिर और स्थायी जानेगी। उसके लिए तो वही अटल है—जुड़ने की पवित्रता और जन्मने की अनिवार्यता।

उसे क्या पता नियम पिघल चुके हैं। मनुष्यों के हाथों की स्वच्छन्द डोरियों में फैसले उलझ चुके हैं। जिन बातों को वह स्थिर मानती होगी, वह सबसे अधिक काँच हैं।

सुन लेती कि मार्था से शादी ही नहीं हुई तो आघात में आ जाती। फेरों वाली शादी नहीं, कैसी भी शादी। इस अनुष्ठान के होने न होने का उस समाज में क्या कुछ फर्क पड़ेगा। मैं जानता तक नहीं कि मार्था का परिवार कौन-सा है। उसके मन में क्या कोई ऐसा खण्ड नहीं कि संवाद में निथर कर आये। मार्था एक है। अकेली एक। हरदम एक। एक बिन्दु जिसकी कोई परिधि नहीं।

मैं एक हूँ। अछोर आकाश के नीचे एक। जीने में मुब्तिला। क्या हूँ, क्या नहीं, क्या हो सकता है, किसी की कोई दिलचस्पी नहीं।

जीने का गुरुमन्त्र अब तो जानने लगा हूँ। जिन्दगी को उस ओर सरकाने में लगा हूँ। कुछ पाने की एक माप—धन। कुछ होने की एक माप—सफलता। नहीं तो आप कुत्ते हैं। बिल्ली भी नहीं। बिल्लियाँ तो प्यार-दुलार से पाली जाती हैं। विशेष रूप से तो स्यामी बिल्लियाँ। बर्फ से ढके सफेद झक्क मैदानों पर वे सारी रात पूँछ उठाकर घूमती हैं। जाने किस करतब से रात का आकाश सिन्दूरी जैसा रहता है। बर्फ, बिल्लियाँ और सिन्दूरी आकाश।

"बच्चों के होने से नये पुल बनते हैं। प्यार गाढ़ा होता है। तुम्हें सोचना चाहिए।" माँ उसी भँवर में गोल-गोल घूम रही है।

"अभी तो हमने कुछ और फैसला कर रखा है।" मैं माँ को चुप कराने की नीयत से कहता हूँ। बात और नीयत के फैलाव को समेट चुकने के बावजूद मेरा माथा चटकने लगता है। शायद छिपने के लिए ही मैंने मटर की पछिया उठायी होगी। फलियाँ हाथ में आते ही मैं मटर छीलने लगता हूँ।

"छोड़ उसे। वहीं जाकर करना।" माँ मुझे डपटते हुए पछिया वापस ले लेती है। हथेली में रुक गये नरम मीठे हरे दाने मैं मुँह के हवाले कर लेता हूँ पर कड़ुआहट नहीं जाती।

मेरे चलने से लगभग आठ दिन पहले मार्था ने अबार्शन करवाया था। स्टुडियो में पहुँचते ही मुझे राबर्ट्स ने कहा—"जाओ, तुम्हें वह 'वुडहैवन नर्सिंग होम' में बुला रही है।"

लेबर रूम से निपट चुकने के बाद वह लाउंज के सोफे पर सिर टिकाये अधलेटी-सी बैठी थी। चेहरा पीला पिच्च। आँखें राहत में। होठों में कराह दबी-सी।

पहुँचते ही उसने मुझे टैक्सी लाने का आदेश दिया था और जरूरत की सघनता के पल भी मुझे मुक्त कर दिया था—मेरी इच्छा ही हो तो मैं उसके साथ घर चलूँ; नहीं तो स्टुडियो भी जा सकता हूँ।

मैं पहले ही गुस्से से थरथरा रहा था। ऐसा यह निर्णय—इतना असंगत, एकांगी और गोपनीय।

उस दिन तो मैं जरूर चुप रहा। अगले दिन जवाब तलब किया तो मार्था ने पछाड़कर फेंक दिया —"यह तुम क्या बक रहे हो ? यह मेरी देह है। मेरा निजी मामला। मेरा ही परमाधिकार।"

मैं सकते में। पैर टिकाने के लिए शायद मैं खुद ही औचित्य की जमीन का कोई बित्ता तलाश रहा होऊँगा कि ऐसा कुछ पूछ बैठा—"कहीं ऐसा तो नहीं···विवाह का अभाव ···या समाज का दबाव···मेरा मतलब है यह ढीले-ढीले तम्बू ही तो कहीं इस कर्म का कारण नहीं ?"

मार्था फिद्द से हँसी थी। मेरी आँखों में नीली पुतलियों की कीलें धँसाती हुई बोली—"किसे पड़ी है ? सुनो, तुम्हें एक बात बताऊँ। यह जो तुम्हारे सेलर के दो पाइप हैं न। यह ऊपर वालों के पाइप हैं। उन्हें गर्मी देते हैं। उनका पानी गरम करते हैं। तुम्हें नहीं, उन्हें झुलसन से परे रखते हैं। झुलसते तुम हो दिन-रात, पर तुम्हें किसी ने पूछा कि तुम क्या बला हो ? तुमने तो उन्हें ईंधन डालते भी नहीं देखा होगा। वह भी दीवार के बाहर का वेण्ट खोलकर डाला जाता है। यू आर टेकिंग देयर शिट आलराइट बट् विदाउट देयर एक्नालेजमेण्ट···कैन यू सी दैट ?"

पता नहीं कितने बरसों की मार्था। उन्नीस, बीस, इक्कीस, बाईस, तेईस, चौबीस···पता नहीं कितनी। एक थिरता उसकी काया से छिटककर उसके चेहरे पर जमी बैठी रहती है। सदा वही और वैसी। चेहरा बदलता है जब आवेग बदल जाता है।

इतना सब···और आगे वह कैसे सोच पाती है। क्या यह अठारह बरस की उम्र में जिन्दगी के ललकार दिये जाने की वयस्कता है ? स्मरण का एक टुकड़ा मुझपर लदता चला आता है।

मुझे लेकर दिलेरी दिखाते दिनों में मैंने मार्था से कहा था, ''हमारे यहाँ ऐसा नहीं होता। लड़कियाँ तो खूब ही जेण्टल होती हैं क्योंकि प्रोटेक्टेड रहती हैं।''

मार्था बगल में लेटी थी, तड़पकर उठ बैठी। उस उमसाये हुए दड़बे में मेरे साथ सो जाना उसे इतना भयावह नहीं लगा था जितना ऐसे शब्दों का इस्तेमाल।

''यह 'प्रोटेक्टेड' की बात तुमने किसे लेकर कही ? स्त्रियों को ? उन्हें भी इसी तरह अठारह साल की उम्र के बाद रोटी कमानी पड़ती है। घर ढूँढ़ना पड़ता है। साथ रहने को आदमी तलाशना पड़ता है और यह सब क्या माँ की गोद में बैठे-बैठे हो जाता है ? अठारहवाँ बीतते-बीतते तो दूसरे अबार्शन की नौबत आ जाती है। यह बताओ प्रोटेक्टेड क्यों और कैसे रहना चाहेंगी स्त्रियाँ ?''

मैं सहम गया था। ढूँढ़ना क्या शरीर के माध्यम से भी होता है ? क्या इसीलिए···।

''एक और बात तो अभी तुम्हें बतायी ही नहीं।'' मार्था ने अपनी देह पर अपने परमाधिकार के विस्तार में कहा था। उसके चेहरे पर इस बार एक खिलन्दड़ा विनोदी भाव था, ''मैं अमिनोसेण्टेसिस के लिए गयी थी। पता लगा, लड़का है। तब तो और भी आसान हो गया मेरे लिए फैसला। भला मैं क्यों उनकी नस्ल को बढ़ाना चाहूँगी—दीज ब्रूट्स। इन्होंने सदियों से हमें कुचलकर रखा है।''

''ठीक है, नस्ल मिटाओ पर हर कर्म-कुकर्म के लिए जब इसी नस्ल की जरूरत पेश आएगी सो ?''

सिर झनझना रहा था। यह पराकाष्ठा थी। मेरे लिए अनजानी। अवसर की उत्सवता को रौंदकर फेंक दिया था मार्था ने।

मैं चाहता तो घर के मोर्चे पर इस अवसर को किसी प्राप्ति की तरह इस्तेमाल कर सकता था चाहे कितनी दरिद्र थी यह आकांक्षा। तब तो नहीं मुझे बाद में लगा।

''यू आलवेज थिंक इन सर्कल्स।'' मार्था ने मेरी बात का यही उत्तर दिया था और उलाहना भी दिया कि ऐसा सोचना उसे कतई अच्छा नहीं लगता। पोर भर गहरी बात के लिए मार्था का हाजमा कितना कमजोर है, क्या मुझे नहीं पता।

सीढ़ी चढ़कर आते ही वह बैठक की लम्बी कुरसी पर धम्म से बैठ गयी थी। बैठने की कोशिश में एक कराह जैसी उसने अपने भीतर दाबी थी। दाह को, कराह को दूसरे तक ले जाने की इच्छा···या अपेक्षा या सहानुभूति का सुख—ऐसी बातों में ये सब लोग क्यों और कैसे इतने मुक्त हैं ? कैसे इतने अभ्यस्त ? पर मुझे लेकर भी मार्था ऐसी ?···कैसे ? मैं जान नहीं पाता कि मेरा बाहरीपन कोई लक्ष्मण रेखा है या स्वाश्रित होने का सदा ऐसा ही मुख है।

उस दिन मैंने उसके अपार्टमेण्ट पर थोड़ा ध्यान दिया था। अच्छा-खासा एक ही लम्बा कमरा। लम्बी खिड़कियाँ। नीचे फिसलती कारें—आदमियों से अधिक। सड़क के दोनों ओर की ऊँची बिल्डिंगों के बीच आकाश नीली-पतली पगडण्डी जैसा दिखता था। उसी कमरे में बिस्तर, वही सोफा, वही फ्रिज, वही सब कुछ।

परदों का चुनाव इतना भड़कीला कि चुभ रहा था। अपना मत व्यक्त किया तो बोली, "मेरी मर्जी है। टु मी दे लुक चियरफुल।"

रुचियों पर टिप्पणी ! इस मोर्चे पर भी कितना सावधान होना है, मुझे उसी समय पता लगा। निजता की रक्षा मुझे लगा उतनी ही अहम सीमारेखा है।

चाय ? कॉफी ? बियर ? रम ? ऐनीथिंग या कोई और सहायता ? मैंने मार्था को ऑफर किया था। उसने हर कुछ को 'न' कह दिया था और ऐसी हालत में भी उठकर खिड़की के साथ जा लगी।

पीछे से देखने पर उसकी नाटी-सी काया खूब हलकी-फुलकी, पर दो भागों में बँटी हुई लगी। काली स्कर्ट और स्लेटी टॉप। खिड़की के काँच पर माथा टिकाये रखने के कारण आगे को झुका हुआ उसका सिर लम्बाई की तीसरी माप बन गया था।

पता ही नहीं ऐसा कैसे हुआ। एक लम्बी छरहरी आकृति का साया परदों के गुच्छे से सरकता खिड़की से आ लगा। मार्था को काट गया। मार्था के तीनों टुकड़ों को काट गयी एक ही रंग की पीठ ढकी उनाबी साड़ी, पीली कोर।

मैं हिल गया। मनुष्य की नियति क्या इतनी फिसलनी, इतनी विकल्प-भरी होती है कि इधर भी हो सकती है, उधर भी। नियति के हाथ में क्या अपनी कोई तुला नहीं होती ? कहने को इतनी बड़ी है तो उसे बताना नहीं होता कि किधर झुकना चाहिए था। क्यों वह सदा अदृश्य की आड़ में खड़ी रहती है।

माँ को पूछा होता तो तुरन्त बता देती कि मुझे किधर झुकना चाहिए था; क्या इसीलिए मैंने माँ से नहीं पूछा। मार्था से विवाह की सूचना भर दी। बाकी कुछ टाल गया।

ठीक इसी पल। माँ ने पूछा, "श्यामली ने कभी तुम्हें कुछ लिखा ? उस समय पता तो ले गयी थी। तब तो प्रशान्त का ही पता मेरे पास था। क्यों रे, वह तुम्हें

याद आती है कभी ?''

मैं काँप गया। माँ ने यह क्या किया। पहले से हिली हुई डाली का पत्ता-पत्ता झिंझोड़ दिया।

कोई और क्षण होता तो मैं प्राण-पण से कह देता—''न, नहीं'' गुजर गये को ढाँपता पर इस पल पटुता पिघल रही थी। ढील गया। अनचाहे उन्मुख हो गया, ''जानती हो, एक बार तो···।''

माँ का चेहरा उत्कण्ठा से दमक गया। यहाँ रहता होता तो माँ से ऐसे निजी संवादों का क्या कोई बनाव बनता ? इस समय तो वह सूचना की हर कतरन को हथियाने को हड़बड़ायी रहती है।

माँ इन्तजार कर रही है।

मैं झिझक रहा हूँ कि क्या मैं सच में कहना चाहता हूँ कि कैसे एक बार मार्था मुझे बेंच पर बिठाकर गिरजे चली गयी थी और डेढ़ घण्टे बाद लौटी थी।

''तुझे बिठाकर ? तू बच्चा है क्या ?''

''यह नहीं। मुझे तेज बुखार था। कँपकँपी लग रही थी और जैकेट ?···जानती हो जैकेट जो थी वह मार्था को चाहिए थी।''

माँ मुँह उठाये सुनती रही, ''पर जैकेट एक ही क्यों थी ?''

''वह जाने दो। तब मैं कच्ची धूप और तीखी हवा में बैठा सारा समय यही सोचता रहा कि श्यामली होती तो क्या करती ?''

''तुम्हारे ख्याल से क्या करती ?''

''मन्दिर न जाती या हम दोनों जाते।''

''जरूरी नहीं, ऐसा ही होता। अब तो यहाँ भी सब कुछ बदलता जा रहा है।''

''मुझे मत बताओ यह सब।'' मैं जाने क्यों तनतना जाता हूँ। ''मैंने भी सुन रखी है ऐसी बकवास, पर मैं कुछ जानना नहीं चाहता।''

''जहाँ थे वहीं के वहीं बने रहना चाहते हो ?''

''वही सही। ऐसा कोई अन्धेर नहीं आ जाएगा मेरे मानने न मानने से।''

''वक्त से पीछे नहीं रह जाओगे ? ऐसे एडवान्स देश में ऐसे पिछड़े हुए।'' माँ एक वक्र रेखा जैसी हँसी है, जो मुझे बेतरह चुभी है।

''तू भी क्या गिरजे जाता है ?''

''जाऊँ न जाऊँ, मेरी मर्जी है।''

''तू भी तो अपने को बचाकर रखता है। पूरा मिले कैसे ?''

''क्या मतलब ?''

''सोचना''—वह उठ खड़ी होती है। क्या करने गयी होगी, मैं नहीं जानता पर धधकता हुआ एक प्रश्न मेरे सामने छोड़ गयी है।

पूरा मिले कैसे ? कैसे ?

माँ ने क्यों कहा—सोचना।

माँ क्या ऐसा मान रही है कि पूरा नहीं मिल रहा है ? माँ को यह सब कैसे पता ?

क्या वह यह कह रही है कि पूरा दिया नहीं तो पूरा मिले कैसे ?

बात को बात की तरह जान सकता हूँ, रास्ते को नहीं जानता। रास्ता पाना चाहता हूँ तो मार्था को और जोर से थाम लेता हूँ। मेरी पकड़ में जितनी चाह है, मार्था उससे ज्यादा उमँग आती है। मुझे भीतर पाने के लिए मछली की तरह छटपटाती है। वह मुझे डुबोने की कोशिश करती है। मैं निर्विरोध डूब जाता हूँ फिर अकुलाता हूँ—डूबा क्यों ? घबराकर अपने से पूछता हूँ, मुझे इस डूबने से बचना क्यों है ? किसलिए···किसके लिए ? पीछे खींचने को जैसे कोई खूँटा गड़ा हो। क्या है पीछे ? क्या था पीछे ? मेरा देश ?

देश माने क्या ? एक नाम ? कोई भूखण्ड ? एक गूँज ? पहचाने जाते लोग ? छतें, रास्ते, दुकानें, धुनें ?···क्या ?

डूबने की बात करूँ तो यह सब बाहरी जैसी चीजें हैं। अमूर्त और ऊपरी। ऐसी जैसे गाने की गूँज···छत पर आकाश···पानी में शीतलता। सब हैं। पर सब नहीं हैं। मुट्ठी में नहीं।

तो क्या देश माने श्यामली ?···देश माने माँ ? देश माने घर ? देश माने किसी न किसी छोर का मुट्ठी में महसूस होना। महसूस होते रहना।

पर मुट्ठी तो जीवन में केवल मार्था की है। वह भी मार्था के देश में। बाकी सबको तो मैं फूँक आया। छोड़ आया। ''न छूटती को छोड़ा। न टूटती को तोड़ा'' श्यामली माँ से कहती है।

मुट्ठी चाहिए तो मार्था को समर्पित हो जाना चाहिए। दे देना चाहिए। पा लेना चाहिए। पूरा मिल जाना चाहिए।

पर मार्था मार्था है। मेरे छोर को थामने वाली कोई एक मुट्ठी नहीं। मैं मार्था की अँगुलियों में उलझ गया हूँ। जलवायु में नया। ऋतुओं, व्यक्तियों, दिशाओं का अनभ्यस्त। मार्था मुझे सब-वे से उठवाती है। मकान दिलवाती है। नौकरी देती है। जैकेट्स बिकवाती है पर मार्था मुझे त्याग भी सकती है। मुट्ठी खोल सकती है मार्था। साँझे सपनों की दलील, यहाँ कहाँ !

मुझे क्यों लग रहा है मुट्ठी खुल रही है। मार्था और राबर्ट्स। वही देश, वही भेष, वही रंग-ढंग। पार्टनर···असल के पार्टनर। जगह-जगह भिड़ते हुए। काउण्टर,

डार्करूम, पर्दों के पीछे। बिना बात कहकहे फूटते। यह स्रोतस्विनी किसी साझे उद्यम से चली होगी, तभी तो इतना बोल रही है।

कमजोरी के दो दिन बिस्तर में काटकर आयी मार्था तो हाथ का काम छुड़ाकर बोली, "'हैपी गार्मेण्ट स्टोर' में तुम्हारी नौकरी पक्की कर रही हूँ। लौट कर आओगे तो वहीं काम करोगे। वहाँ पैसे अच्छे मिलेंगे। यहाँ 1000 मिलते हैं अब। वहाँ 1200 मिलेंगे। 200 का इजाफा तुम्हारे लिए कुछ कम तो नहीं। यहाँ तो पार्ट टाइम भी कर सकते हो अगर राबर्ट्स को ठीक लगे।"

सुझाव सादा सदाशयी भी हो सकता था, पर मुझे नहीं लगा। यह अपनी डगमगाहट थी या मेरे ही भीतर कोई संशयी छुपकर बैठा था।

छुट्टी के बावजूद मार्था स्टुडियो गयी थी। सुनहरी गोट वाली काली झक्क ड्रेस उसने अपने पर रीझते हुए पहनी थी। होठों पर वही गाजरी लाल लिपस्टिक। अपनी चमड़ी पर बिखरे इन दो पंखुड़ियों के निशानों को मैं कब से बाहर दौड़ते देख रहा हूँ।

रविवार की दोपहर। निश्चिन्त मिल सकता एक दिन। मार्था के जाने की तत्परता पर मान भरा उज्र किया तो बिगड़ गयी, "ऑयम नॉट युअर प्रापर्टी मिस्टर। डिडण्ट आय डू इन्नफ ?"

मैं भौंचक्का रह गया था। फेथफुल होना क्या इण्डियन्स की सूली है ?

अच्छी धूप चढ़ आयी है।

माँ अभी आँगन में वापस लौटी नहीं है। कमली कपड़ों से भरी बाल्टी उठाकर कपड़े सुखाने आयी है। उसकी सलवार के पायचे घुटनों तक गीले हैं।

लोहे की खिंची तार को कपड़े से पोंछते हुए वह मेरी ओर देखती है, जैसे आज्ञा माँग रही हो कि क्या कपड़े सुखा दिये जाएँ, आँगन में ? मेरे बैठने की जगह पर। आँखों के आकाश को घेरते हुए।

अनुकूलता की परवाह ? इतनी ? मेरे लिए इतनी अजानी ? मैं कमली के प्रति दुलार से सीज उठता हूँ।

वह एक हाथ से तार पकड़े मेरे आदेश का इन्तजार कर रही है, "अम्माँ जी ने कहा है, पूछकर फैलाना।"

"मैं 'न' कह दूँ तो ?" मैं उसे छेड़ता हूँ।

"रखे रहेंगे। आप सोने जाएँगे तो फैल जाएँगे।"

यह नोक भर घटना मुझे सराबोर कर देती है। आराम देती है। कुरसी की लम्बी पीठ पर मैं सिर डाल देता हूँ। आँख बन्द कर लेने से बिखरी हुई स्निग्धता एकदम पास आ जाती है।

घर में आहट होने से लगा भाभी लौट आयी हैं। होंगी। भाभी का चेहरा नरम है पर आवाज कुछ तीखी। ध्वनियों के तेज धीमे टुकड़े। खटपट। लंच की तैयारी। मेरा मन शान्त निरावेग है।

खाने के लिए पुकार। जानता हूँ आएगी। भैया और पापा को आना नहीं है। चिण्टू के अलावा बाकी सब उपस्थित हैं।

भाभी के साथ बैठने से लगा कि माँ और मेरे बीच का आकाश कितना सँकरा हो जाता है। दोनों को अपनी-अपनी तरह अड़ने लगता है। माँ काया को फाड़कर भीतर जाना चाहती है। सुख-दुख के असली रंगों को अपनी पोरों से छूना चाहती है पर ऐसा हो सकता है क्या ?

''पहले पता होता, तुम आ रहे हो तो शिखा को लिख देते। तुम्हें देख जाती। हम लोगों से भी मिल लेती।'' भाभी ने कढ़ी का डोंगा मेरी ओर बढ़ाया है।

''मुझे खुद भी पता नहीं था, मैं आ पाऊँगा।''

''यह तो सुना था, वहाँ छुट्टी आसानी से नहीं मिलती।''

''ठीक सुना था।''

''फिर भी टिकट लेने और चलने में कुछ तो फासला होगा। तभी लिख देते।''

''लिख सकता था पर मुझे कभी लगता ही नहीं कि चिट्ठी जल्दी से घर पहुँच जाएगी। जाने क्या मन में बैठ गया है।''

''क्यों, चिट्ठी क्या पैदल चलकर आती है ?''

सब हँस पड़ते हैं। हँसना अब तक कितना अनुपस्थित था, यह हँसने से पता चला।

''मैं बताऊँ। तुम एक दिन को बनारस हो आओ। एक रात का तो रास्ता है। निहाल हो जाएगी शिखा।'' भाभी कहती हैं।

समय की सीमा और वसीम के कार्यक्रम पर आश्रय। दो परिसीमाओं में घुटते मेरे मुँह से एकाएक 'न' निकल जाती है।

इस 'न' को सामने बैठी माँ आहत होकर देखती है—''रहने दो, नहीं जाना चाहता तो। उसे लिख दो, आना चाहेगी तो आ जाएगी। पहले भी रहती ही है इसके बिना।''

यह चोट ! क्या देखने की चेष्टा है कि स्प्रिंग पर पैर रखें तो कितना उछल सकता है। कोई अगर अपना है तो किस दूरी तक आहत हो सकता है।

''असल में, मुझे एक और भी काम है। मेरठ जाना है।'' वसीम का काम

बताता हूँ तो सहानुभूति सूख जाती है।

"इतने से समय में इतनी बड़ी कटौती। दोस्त को खुद सोचना चाहिए था। कह नहीं सकते थे कि तुम घर जा रहे हो इतने बरसों बाद। तुम उसके कोई जर-खरीद गुलाम तो नहीं।"

"हाँ, नहीं।" मैं ढक्कन ढाँप देता हूँ। मन ही मन दोहराता हूँ—जर-खरीद गुलाम ही तो हूँ। मैं दूसरी जमीन पर टहल जाना चाहता हूँ। दीदी का सामने खुला पड़ा खाता फैला लेता हूँ, "कब से नहीं आयी दीदी ?"

"उसे भी दो साल हो गये।"

"मुझे तीन हुए तो क्या। पापा उस दिन कैसे खिंचाई कर रहे थे।"

"पापा को तो अभी भी तुम्हारा वहाँ रहना नहीं जमता। आज पलट आओ तो खुश हो जाएँगे।"

"पलट आऊँ ? और यह जो तीन साल खपाये हैं सो ?" क्या महत्त्व का आसन पा लेने के लिए मैं ऐसा कह जाता हूँ।

"उसका क्या रोना !" माँ थी, "वहाँ हवा में तीन साल खपाये। यहाँ तो सब जमा-जमाया है।"

सम्भावना की इतनी तेज उछाल। मैं लड़खड़ा जाता हूँ। अचानक से जान पाता हूँ इमारतों में सीमेण्ट की लिपाई के बाद भी छिपे रास्तों से कैसे पानी रिस पाता है।

मुझे दुविधा में धँसा समझ भाभी सदय हो आती है, "अभी तो खूब काम फैला रखा होगा। अम्माँ असल में चाहती हैं कि तुम आ जाओ पर मन की बात घुमाकर कहती हैं। क्यों अम्माँ जी, ठीक है न !" माँ को प्रसन्न करने के लिए भाभी झुककर उनका मुखड़ा देखने लगती हैं।

"तू क्या मेरे पेट के अन्दर पहुँची हुई है"—मुस्कुराकर माँ उत्तर देती है।

भाभी और माँ के बीच की यह पारस्परिकता मुझे बेहद मार्मिक लगती है। इस जगह पर बैठी मार्था की मूर्ति मुझे सिलबिल्ली दिखाई पड़ती है।

वसीम से ऐसा ही तय था कि घर पहुँचने के दो-तीन दिन बाद उसे फोन करूँगा, फिर मेरठ के लिए रवाना होऊँगा।

फोन करने गया तो उसकी आना-कानी से उलझ गया। वसीम ने उधर से कहा—मैं अभी ठ़हर जाऊँ। "यहाँ पर अभी सब कुछ अधबना-सा है···अधबना उतना नहीं जितना···असल में मुझे ही सोचना है। उसी में थोड़ा समय लग रहा है।"

जानता था, जानता हूँ वसीम को मेरी जरूरत दैहिक उतनी नहीं, नैतिक अधिक है। दिलासा चाहिए कि बगल में कोई है यदि पूरे का पूरा कुटुम्ब फैसले के लिए उसपर टूट पड़े। सतह पर दीखती चीजों के अलावा भी कोई परे की दृष्टि से देख सके।

"रखता हूँ फिर फोन।"

उसने 'हाँ' नहीं कहा। उसी रौ बहता रहा, "अभी तो पॉजिटिव की तरफ ही सारी बात चल रही है।"

"और तुम्हारा जो इम्प्रेशन था, शक्ल सूरत के बारे में ? वह क्या ठीक था ?"

"हाँ, वह सब कुछ तो वही है, पर यह बात मुझे अब इतनी अहम नहीं लग रही। सच में। सब बातों को देखते।"

"मतलब दिक्कत तुम्हारे साथ थी, उनके साथ नहीं।"

"जो भी समझो, उनकी बात में दम है—दे रियली हैव ए प्वायण्ट।"

"पर ऐसे उन्हें तुम्हारी गैर-हाजिरी में तय करने की जल्दी क्या पड़ी थी ?"

"उन लोगों का वह सब सोचना भी गलत नहीं था। देयर आलसो दे हैव ए प्वायण्ट। मैं समझ सकता हूँ। तुम्हारी जिन्दगी मेरे सामने है।"

"अच्छा फिर"—मैंने फोन रख दिया। रखने से पहले वसीम को अपने पड़ोस का फोन नम्बर दे दिया। ताकीद कि यहीं करना। मैसेज छोड़ देना। मैं खुद कर लूँगा। पापा के दफ्तर का नम्बर देना क्यों बचाया ? सोचा तो लगा, क्यों सरहद के उस पार···वसीम द्वारा दी सूचनाओं की खिड़की···बीच कहीं मैं···असफल गलीज और बोदा।

वसीम की बात से लगा, वहाँ अब किसी बात की खटपट या अरजेंसी नहीं है। घरेलू चौखटें, बैठकें और जमकर कहे-सुने जाते दुख-सुख।

घर लौटने के लिए पैरों में जान नहीं। वसीम के शब्दों का धुआँ मेरे साथ चल रहा है। मेरे सिर के ऐन ऊपर घुमड़ रहा है। "उनकी बात में दम है।" वसीम ने कहा था। जल्दी तय करने की बात सोचना भी कुछ ऐसा गलत नहीं था। "···देयर आलसो दे हैव ए प्वायण्ट···तुम्हारी जिन्दगी मेरे सामने है।"

नक्शा साफ है। उनकी बात में दम है। क्योंकि घर अच्छा है। खाते-पीते हैं। खानदानी हैं। बोरा भर शराफत है। शिक्षित हैं। खुला दिमाग है। समाज में हैसियत है। नामी हैं। नफासत है। तहजीब है। घर में एकता है। मजहबी संस्कार हैं और क्या चाहिए। रिश्ते रिश्ते नहीं बाँहें होती हैं। एक ही टुकड़े पर खड़े पैरों की गिनती करने से पता लगता है किसी के पास कितना रसूख और कितनी जमीन है। एक कहाँ, कितने तो प्वाइण्ट हैं।

इतनी खूबियों के सामने नाक या कान या आँख जरा-सी कुछ टेढ़ी या रंग कुछ

साँवला या देह कुछ कम सुडौल हुई तो क्या फर्क पड़ेगा। मियाँ-बीबी का रिश्ता तो अन्दरूनी पुलों पर बनेगा। समझे कि नहीं मियाँ मैं।

"देन देयर आलसो दे हैव ए प्वायण्ट" वसीम ने कहा था। इस प्वायण्ट के नीचे नुकीला वजन है। सरहद के पार कोई एक भूखण्ड है। रास्ता आकाश को चीर कर जाता है। सात समन्दर पार का फासला है। सब कुछ अनदेखा है। भरकम आड़ है। बेगाने लोग हैं। पैसा प्रमुख है। अपनी तहजीब के विरुद्ध चाल-चलन है। लालच फिसलन है। निष्ठा खोखली है। झपटा-झपटी है। सो लाड़लों को लगाम क्यों न दी जाए। चांस क्यों छोड़े। धुरी तय कर दें। तयशुदा निगाह अपनी धुरी पर घूमती है। यह नहीं कि घेरे पर पड़ी किरचों को टटोलते रहें और लहूलुहान हों।

सो धुरी दे दी गयी। आश्वासन। हाथ में झुनझुना। हर पल रुनझुन। कौन जाने नुसरत को खतो-खिताबत की इतनी खुली छूट संरक्षकों ने दी हो। काम से लदे रहो और मानसिकता व्यस्त रहे। सैटेलाइट टेक्नीक। मैं वसीम की सब बात समझता हूँ। मेरे माता-पिता तो झुनझुना देने के बावजूद अभागे ही रहे।

और मैं ? वसीम के समझने को दी जाती एक मिसाल, महज मिसाल। साथ हूँ। सामने हूँ। ओछा वजन है। प्रशान्त की आवाज से उड़ जाने वाला पत्ता हूँ। हब्शी के हाथ की हिंसा हूँ। मार्था का खिलौना हूँ। वसीम का अवलम्ब भी हूँ ।यह तो उसने नहीं सोचा।

धुरी थी मेरी। मिल रही थी, निष्प्रयास। श्यामली दे रही थी। था आधार—दे रही थी माँ। और पिता। और भैया, हवा, रंग-ऋतुएँ। थी पहचान— दे रहे थे माली, धोबी, गली कूचे, क्यारियाँ, सोंधी गन्ध के पकवान, बाजार तक सब तरफ फैला सब कुछ। हर कुछ।

अपनी दहलीज से बाहर पैर किया नहीं कि उन सबका हो लिया। सबका। तब क्यों किसी ने नहीं देखा। नहीं मिलायी मिसाल। तब मैं भी सब था। एक नहीं। मार्था का एक नहीं।

चूक गया। इतना चूका कि एक व्यक्ति भी नहीं रहा। मिसाल हुआ जिसे जमीन पर बिछाकर नवयुवकों के भविष्य का फैसला किया जाता रहेगा।

लगा, चलता रहा तो जरूर गिर जाऊँगा। इतना थोड़ा-सा फासला !—एस. टी. डी.के बूथ से घर तक। पैर पत्थर हैं क्या इसलिए नहीं उठते ?

गली के प्रवेश पर पुलिया की छोटी-सी ऊँचाई। मिल गयी तो धम्म से बैठ गया। बैठा रहा। पापा अभी घर होंगे। बृहस्पतिवार को घर में ही बारह बजे तक वह अपने चैम्बर में बैठते हैं। भैया जाने के उपक्रम में। भाभी चली गयी होंगी।

लगा घर जाए बिना रह सकता हूँ।

आगे टहल आया। दाएँ सौम्य चटर्जी का लाल ईंटों का मकान। कहाँ होगा

सोमू और उसकी चपटी नाक एवं सुरीले गले वाली बहन। बायीं ओर बाजार है—चौखूँटा। चौखूँटे की सीढ़ियाँ। सीढ़ियों के पैर के पास एक मोची। एक ठेलावाला। ठेलेवाला स्टोव पर रखी बड़ी कढ़ाई में 'नूडल्स' की सफेद सपिर्णियाँ हिला रहा है। जल्दी-जल्दी। मैं जल जाता हूँ। नकलची।

चौखूँटे की सरहद उज्ज्वल ड्राईक्लीनर्स से शुरू हुआ करती थी। हाँ, वही है। फिर ढाबा दीखा। फिर पारस केमिस्ट। फिर बिन्दी सुर्खी।

मैं जानता हूँ, आगे क्या होगा। गुप्ता पंसारी की दुकान। फिर तैयार कपड़ों की दुकान। फिर स्टेशनरी। फिर भाँडे-बर्तन। फिर दर्जी। बिजली का सामान। फिर फोटोकॉपी का काँचवाला केबिन।

उसके आगे आएगा गली से जुड़ता एक कटाव। फिर बड़ा-सा मोड़। मोड़ पर पत्थर। पत्थर पर खुदा हुआ होगा मन्दिर मार्ग। मन्दिर मार्ग से आगे बस का स्टॉप। है कि नहीं। उसके नाके पर बाँसों से बँधी पनवाड़ी की कैनवास की छत वाली दुकान। जिसके बाहर रस्सी का सुलगता सिरा लटका होगा।

उज्ज्वल ड्रायक्लीनर्स के सामने खड़ा-खड़ा भी मैं यह सब देख सकता हूँ। इनको अपने भीतर पा सकता हूँ। कैमिस्ट के पिछवाड़े से चलकर पल भर में ही तिकोनों और जलेबी तक पहुँच सकता हूँ। आह जलेबी ! रस की लोभी। वह या मैं ! दोनों।

जेब में हाथ डाला। बीस का नोट था। सुबह पापा ने कितना तो आग्रह किया था, "रख लो, यह नहीं कि तुम्हारे पास हैं नहीं पर करेन्सी का फेर है।"

"क्या करूँगा"—मैंने उन छितरे हुए नोटों में से बीस का केवल एक नोट उठाया था—वह भी उनका मान रखने को। उनको अच्छा नहीं लगा था। यह उनके और मेरे बीच गुपचुप चलते शीतयुद्ध का परिणाम था। ऐसा इसलिए भी चलता है, क्योंकि मैं भैया और दीदी जितना सयाना जो नहीं था।

जलेबी ली। घी की कढ़ाही में नाचती-घूमती फिरकी दिलचस्प लगती रही। लौटते, पान की दुकान से भिड़ते हुए गुजरा कि लाला ने पहचान लिया।

"अरे वाह भैय्या जी ! बहुत दिनन माँ दीखे। कहाँ रहे इत्ते दिन ?"

"अमरीका में रहता हूँ अब तो। तीन साल हो गये।" मेरी छाती फूल जाती है।

"उहाँ तो बड़ी मौज-मस्ती सुनी है ?"

"ठीक सुनी है।"

"और पैसा-धेला भी खूबई खूब ?"

"हाँ, खूब !"

वह उमगकर मुझे एक बनारसी बीड़ा देता है। देते-देते हाथ रोककर किसी खुशबू की एक सलाई हरियाली का मुँह खोलकर भीतर भोंक देता है।

"ल्यो" मैं कुरते की जेब में हाथ डालता हूँ तो वह डपट देता है, "कमाल है, भैय्या साब। अब इत्ता अनादर न करो। हम का इस लाइक भी नहीं ?"

मैं पीठ की ओर खुलता उसके कन्धे का पिछला भाग थपथपाता हूँ। परम पुलकित पानवाला।

"हमार लौण्डा तो कतहुँ जाय नईं सकत है।"

"क्या होगा जाकर। अपना देश भला है।"

"तुम काहत हो ? फिर तुम काहे को उहाँ गये ?"

"मैं गया नहीं, पहुँच गया।"

"ऐसन कैसे हुई सकत है ?"

"हुआ। भई हुआ। अच्छा राम राम !"

"राम राम !"

भैया ने पहली बार रोका है। रास्ता-सा काटते हुए। वैसे तो सब साथ रहते हैं। साथ खाते हैं। टी.वी. देखते हैं पर खास जैसी कोई बात पकड़ में नहीं आती।

आज रोका है, आगे बढ़कर। अपने कमरे में आ बैठने का न्यौता देकर। मैंने घड़ी देखी—आठ। उनके पीछे-पीछे ही मैं सीढ़ियाँ चढ़ता उनके कमरे में पहुँचता हूँ।

"आओ बैठो"—कहते-कहते उन्होंने अपना टी.वी. बन्द कर दिया है। इसका अर्थ है वह अभी तक यहीं कमरे में थे। फिर नीचे, क्या मुझे लिवाने गये थे ?

भैया का कमरा खूब बढ़िया और उजला है। पीछे ढलुवाँ सहारे वाले दो पलँग। एक साइड टेबल। साइड लैम्प। दीवारों से मेल खाती दो अलमारियाँ। रेशम की बुन्दकी वाले क्रीम रंग के पर्दे। एक हुसैन। एक पिकासो। एक छोटा टी.वी.। टी.वी. पर चिण्टू-मिण्टू का चौखटे में जड़ा एनलार्जमेण्ट रखा है। चट ऐसी ही कोई बात माँ से पूछने की मुझे याद आ जाती है। मैं मन ही मन गाँठ बाँध लेता हूँ।

"जानते हो, आज तुम पहली बार मेरे कमरे में आए हो !" उनकी आवाज के ठहराव पर मेरा फिर से ध्यान जाता है। अपना बिखरापन फिर से विराट नजर आता है।

"मुझे लगा आप··· आपको···"

"परवाह नहीं है। यही कहना चाहते हो न ?बावला। मैं तो माँ के ख्याल से तुम्हें नहीं खींचता। बहुत हुड़कती है। तेरे पसन्द की कोई चीज बने तो खाते-खाते छोड़ देती है। आ-जाकर कुल आठ दस दिन ही तो हैं तेरे पास। सोचता हूँ उनका

समय क्यों लूँ। हम लोग तो सब फिर भी···''

''साथ हैं।'' भैया ने प्रकट में नहीं कहा।

''बहुत कम समय निकाला।''

''वहाँ के हिसाब से तो इतना भी बहुत है। कामधाम के बीच छुट्टी कोई नहीं सोचता। बस वीक एण्ड्स···''

''अच्छा लगा होगा यहाँ आना ?''

''क्यों नहीं !''

''नहीं, मुझे लगा वहाँ रहने की आदत पड़ गयी है तो अच्छा न भी लगे। खूब प्रॉसपैरिटी है वहाँ। होगी ही। मनी कैन बाय एवरी थिंग''—भैया एक वयस्क की तरह जीवन में मुझसे पहली बार बातें करने बैठे हैं। यह दरजा जिस किसी भी वस्तु ने मुझे दिया हो।

''ऐसा कुछ नहीं''—मैंने गोल-मोल-सा उत्तर दिया। उन्हें शायद पता भी नहीं लगा होगा कि यह कथन के पहले खण्ड का उत्तर है या बाद वाले का।

''असल में पैसेवालों की एक जमात है। बिना पैसेवालों की एक। यह बात मेरे ख्याल से तो पूरी दुनिया पर लागू होती है।''

''तुम किस जमात में हो ?'' भैया घोंखते हुए पूछते हैं।

''आयम ए बिगिनर। मेरी तो शुरुआत है, हर दृष्टि से।''

दो नक्काशीदार कटोरे हाथ में लिये भाभी भीतर घुसती है। मुस्कुराती है। झड़प से अलमारी खोलकर एक कटोरे में काजू, एक में किशमिश भरती है और स्टूल खींचकर मेरे सामने रख देती है। जैसे मैं कोई अलग से उनके घर आया अतिथि हूँ।

''हमारे पास तो तुम अभी आये हो''—सहज खिलन्दडा अन्दाज भाभी का। चट ही वह साड़ी समेट, पालथी मार पलँग के बीचोंबीच स्थापित हो जाती हैं, जैसे अब उन्हें कहीं जाना न हो।

यही क्षण था, मुझे लगा कि यह सब सायास है। प्रायोजित। कुछ है जो कहने को अलग से मन में कुलबुला रहा है।

''इधर महँगाई इतनी बढ़ी है कि दाल-रोटी मिल जाए, वाली मिसाल भी गलत जैसी हो गयी। वह भी दिक्कत से जुटती है। वहाँ तो कुछ पता ही नहीं लगता होगा ?''

''नहीं, पैसे तो वहाँ भी मुश्किल से ही जुटते हैं। जैसा ख्याल है लोगों का, वह गलत है कि पेड़ों पर लगते हैं। जब चाहो झाड़ लो।''

मैं भैया को झिझकते-झिझकते बताने की कोशिश करता हूँ कि वहाँ का सिलसिला कितना अजीब है। 18 साल पूरे हुए नहीं कि सड़क पर आ जाना पड़ता है। यह नहीं कि एम.ए. करते तक परजीवी होकर बाप की गोदी में चढ़े बैठे रहें

और घर में हर किसी को इन्वॉल्व रखा कि आगे करना क्या है। शुरू-शुरू में धक्का लगता है। माँ-बाप और बच्चों के बीच रिश्ता भी कठोर जैसा लगता है पर ऐसा है तो है। शिक्षा का अर्थ है अपने कमाने की औकात। उसकी भगदड़ जल्दी शुरू हो जाती है।''

''तभी तो।···प्रोडक्शन बढ़ता है। इतनी पूँजी सर्कुलेट होती है। इसीलिए तो इतना ऐश-आराम है।''

''वह सब कुछ बातें मैं नहीं जानता पर मुझे लगता है कितना जुतना पड़ता है। तब कहीं जाकर कुछ बनता है।जुतने में कितना कुछ छूट जाता है, उन्हें पता ही नहीं। मुझे लगता है कि वे सब इन बातों के कान्शस ही नहीं।''

भाभी भैया को टोकती है, ''कुछ इग्जाम्पल देकर बात करो न। मान लो मिण्टू जाता है···''

''जाता है तो उसे पहले पैसों का जुगाड़ करना पड़ेगा फिर कहीं पढ़ने-लिखने का सवाल उठेगा, जब तक कि तुम न भेजो। वह बेवकूफी है और सम्भव भी नहीं। यह समझ लीजिए, तालीम का मतलब है अपने पैर। अपना बसेरा। वहाँ तो बस जुतना ही जीना है। शायद इसीलिए इतनी झपटा-झपटी है।'' यह बात भी मुझे इसी समय कहते-कहते सूझी है।

जब कहता हूँ, ऊँची शिक्षा वहाँ कम है तो भैया को विश्वास नहीं होता। कमाऊ शिक्षा पर ही पूरे का पूरा दबाब है, इसीलिए तो बुद्धिजीवी, शिक्षक, लेखक जैसे लोग ऊँची निगाह से देखे जाते हैं।

शिक्षिका भाभी का चेहरा एकदम खिल उठता है। भैया ध्यान नहीं देते। मेरी लम्बी-चौड़ी भाषणबाजी को लाँघकर कहना शुरू करते हैं—

''इधर कई दिन से सोच रहे थे, इनका भाई है न ···मेरा साला, उसे भी भेज दें। तुम स्पान्सर कर दो तो आसानी हो जाएगी। एक के पैर जम जाएँ तो बाद वालों के भी धीरे-धीरे जम जाते हैं। जरा-सी टेक चाहिए होती है, जैसे तुम्हारे लिए प्रशान्त···''

मैं डगमगा जाता हूँ, ''पर भैया मेरे पैर अभी जमे कहाँ हैं ?''

''तुम तो यहाँ की तुलना में कह रहे हो न। वहाँ हार्ड करेंसी है, कितना भी कम मानो, तीस-इकतीस गुना ज्यादा होते हैं। है कि नहीं ? मेरे मन में एक पूरा प्लान है। तुमसे डिस्कस करने का इन्तजार कर रहा था। इधर पी.ए.सी. की बैठकों में इतना उलझा रहा कि तुम्हारे पास बैठने का भी समय नहीं मिला। देखते-देखते तुम्हारा जाना सिर पर आ गया।''

भैया हैं कि मेरी सुन नहीं रहे। सुन रहे हैं तो समझ नहीं रहे। उनके मन में बहुत दिनों से पकता आया एक प्लान है। सपनों के बीजों की एक पोटली। मन में

है कि किसी उर्वर जमीन पर डाल देंगे तो उसरते चले आएँगे। इस करामाती जमीन का मालिक उनका सगा भाई है। एकदम सगा।

"ठीक है आपको जो बताना हो, बता दीजिए। मैं कोशिश करूँगा। वहाँ पहुँचकर देख-समझकर आपको लिखूँगा। जल्दी।"

'जल्दी' शब्द मैंने उनका मन रखने को जोड़ा था। उनके चेहरे पर कितनी जल्दी सरक आती सुस्ती मुझे असहाय लग रही थी।

भाभी ढाढ़स देती है, "ठीक तो कहता है। उसे क्या मालूम कि तुम्हारे मन में इतनी बातें हैं। बताने भी बैठे तो चलते समय। जब उलटने-पलटने की कोई गुंजाइश ही नहीं होती।"

भैया का उजला-उजला कमरा गाढ़े रंगों में रंग ज़ाता है जिसके पार गर्मी और रोशनी नहीं पहुँचती।

दृश्य लौट आया है।

माँ, मैं और कमली।

आँगन, क्यारियाँ और श्यामली।

कुर्सी, पाटला और कनस्तर।

चावल, चिड़िया और परात।

परात माँ ने वहीं वैसी ही खुली छोड़ दी थी। टोका तो बोली, "रहने दो। चिड़ियाँ चुगती रहेंगी। कितना ले जाएँगी। ढेरी में से चुटकी।"

चिड़ियों ने सच में परात के चारों ओर दाने-दुनके बिखेर दिये हैं।

उत्साह नहीं। एक अबूझ-सी रिक्ति। सुन्न, अवसन्न। कहीं कोई ध्वनि नहीं। चाह नहीं। जिज्ञासा भी नहीं। लटका-लटका सब।

किसलिए आया था यहाँ ? किसलिए जाऊँगा वहाँ ?

किसी भी बात के पीछे कोई उद्‌देश्य है ? क्या कोई दिशा ?

एक संकुल से डार्करूम में फोटो धोने जाऊँगा। हाइपो के घोल में से एक के बाद एक अपरिचित चेहरे खुलते जाएँगे। किसी एक के भी खुलने का रोमांच नहीं होता।

मार्था मिल जाएगी।...पूरी ?...या अधूरी ?...या मुझे ही अधूरा कर देने की कुटिलता से धमकाती हुई।

स्टुडियो मिल जाएगा। राबर्ट्स। राबर्ट्स और मार्था। डार्करूम के पर्दे के पार एक-दूसरे से भिड़ते हुए।

या फिर 'हैपी गार्मेण्ट स्टोर।' स्टुडियो के सामने की सड़क से थोड़ा आगे। बड़ा, चौड़ा विशाल। जगमग-जगमग। कई मंजिलें। कई वस्तुएँ। बड़ा प्रबन्ध। थोड़े ग्राहक। जनसंख्या विस्फोट का शिकार नहीं न है अमरीका।

फिर रात। एक सेलर। कभी मार्था साथ। कभी अकेले। अक्सर वह अपने अपार्टमेण्ट में सोती है। मैं उसके अपार्टमेण्ट में कभी क्यों नहीं सोता ? चुनाव का हर अधिकार मार्था ने अपने लिए सुरक्षित रखा है। क्यों रखा ?

पहले प्रश्न नहीं थे। अब प्रश्न ही प्रश्न हैं। तो क्या मैं तोप के मुँह में पड़े गोले के सामने प्रश्नों का सामना करने जाऊँगा ?

माँ ने मुझे कोंचा, "तुम्हारे पापा तुम्हें ठीक ही गवाचा बाबू कहते हैं।"

"वह क्या होता है ?"

"गवाचा माने लॉस्ट। हरदम खोया हुआ।"

मैं चिढ़ गया, "तुम क्या कहती हो ?"

"होने दो गवाचा। कोई चाहता है तो अपनी मेहनत से दूसरे को पा ही लेता है। हालाँकि तेरे पापा यह सब नहीं मानते।"

"मानते होते तो भी ऐसा न करते।"

"ऐसा नहीं है। वह बाहर से कठोर हैं। अखरोट की तरह। अन्दर से···।"

असहमत हूँ पर माँ को पापा का पक्ष लेने देता हूँ। हुज्जत नहीं करता। एक सर्द-सी हवा पहले से पसलियों के पिंजर को पकड़ रही है।

"मुझे तो गुस्सा आता है···चिन्ता भी होती है।" माँ पिछली चौकी पर आन बैठी है, "यह क्या, हर समय टुकड़े-टुकड़े···"

खीझा था और खीझ गया, "क्यों कहती रहती हो हर समय ऐसा ? यह क्या मेरे ही साथ होता है ? औरों के साथ क्या नहीं होता ? बाहर और अन्दर की जिन्दगी एक ही हो, ऐसा कैसे हो सकता है ? इतना भागते दौड़ते···घर से परे···।"

"पर यहाँ तो तू घर में बैठा है।"

"ठीक है पर कैसे काट लाऊँ अपने को ? ऐसा नीट जैसा कटना-बँटना होता है कहीं। इतिहास-भूगोल की किताबों में होता होगा। अपने सोचने को कोई कैसे काट सकता है। यह नहीं कि तुम जानती नहीं फिर क्यों कोंचती हो ? यहाँ तुम। वहाँ मा···।"

रपटने चलते शब्दों को मैं पूरी ताकत लगाकर निगल लेता हूँ।

क्षण भर को स्तब्ध हो रही माँ। टिकी निगाह से वह मुझे जमकर देखती है, "सच बता, क्या मार्था भी तुम्हें ऐसा ही कहती है ?"

मैं खुर्दबीन के नीचे आ गया हूँ। यूँ फोकस में आना मुझे उद्विग्न करता है। चमड़ी पर कील की तरह भुँकता है। मन अनमना है, वह एक बात है। जब इतनी

दूर-दूर बसेरे हैं तो दर्दों की अदला-बदली का क्या लाभ !

मैं माँ को दूसरे प्रदेशों में धकेलने का उपक्रम करता हूँ, ''माँ, सुनो···''

माँ अड़ जाती है। ''कुछ और सुनना नहीं है मुझे।'' की भँवर में पंजे गड़ा लेती है।

''इन बातों से आखिर तुम क्या नतीजा निकालना चाहती हो। यही न कि मैं पागल हूँ।''

माँ हताश-सी होकर अपने घुटनों पर हाथ पटक देती है, ''मेरे नतीजों से तुम्हें क्या लेना ? जो पूछ रही हूँ, उसका जवाब दो।''

वह पल भर तो इन्तजार करती है, फिर दोनों घुटनों के बीच अपना सिर रख लेती है। अब मुझे उसके सिर का पिछला भाग दीख रहा है, जिसपर अधपके बालों का साम्राज्य है।

''तुम कुरसी पर क्यों नहीं बैठ जाती ?'' मैं सहज होने की चेष्टा करता हूँ। ''कब से काठ के पट्टे पर नीचे बैठी हो।''

''बैठ जाऊँगी, मुझे बहलाने की जरूरत नहीं। नहीं बताना, न बताओ। मैं कौन-सा तुम्हारे पीछे-पीछे पूछने आऊँगी।''

माँ एकाएक खड़ी हो चुकी है। इस उग्रता से मैं सहम जरूर जाता हूँ पर उस तल्खी को तरल करने के लिए भी अपने को असमर्थ पाता हूँ। मन में एक अव्यक्त रीतापन। मिन्नत, मान-मनौवल का बल—सरलता-सहजता कुछ भी नहीं।

मन को बटोर नहीं पाता तो हाथों से काम लेता हूँ। अपने साथ सटाते हुए, माँ को अपनी कुरसी पर बिठाल देता हूँ।

बैठते ही माँ उद्विग्न हो जाती है, ''और तुम ?'' उसका चेहरा अभी भी रूठा-रूठा है।

''घर में क्या और कुर्सियाँ नहीं हैं। मैं दूसरी ले आऊँगा।''

अन्दर कुरसी लेने जाता हूँ तो मिण्टू मुझे दबोच लेता है, ''चाचा, इतना छोटा कैलक्यूलेटर लेकर आये, अब की बड़ा लाना। और सुनो, मेरा बायनोक्युलर···और मेरा कैमरा ···वॉकमैन···मेरे गॉगल्स और मेरे जीन्स भी।'' सोचता-सोचता वह अपनी लिस्ट लम्बी करता जाता है।

''अच्छा, जरूर लाऊँगा।''

''चाचा, फिर तुम कब जाओगे ?''

''जल्दी चला जाऊँगा ?''

''कब ? जाओ न चाचा।''

''बस ! तीन दिन बाद चला जाऊँगा।'' मैं मिण्टू को अँगुलियों की पोरों पर गिनकर तीन और जाने वाले चौथे दिन का हिसाब समझाता हूँ।

इतराते हुए वह मेरी गोदी में लद लेता है। उसे गोद में लिये-लिये मैं बाहर आँगन में आ जाता हूँ। यह दृश्य शायद माँ को नहीं भाता। वह पहले से ही मेरे होते हुए भी, न होने से आक्रान्त है। उसकी दृष्टि में अभी तक लम्बाता-सा उपालम्भ है।

मैं मिण्टू को दुलारते हुए घर के भीतर छोड़ आता हूँ।

माँ मेरे पीछे नहीं आती। वहीं बैठी रहती है। मतलब मुझे वहीं चाहती है। वैसे का वैसा। उन्मुख।

इस सामने के लिए मैं भीतर से उतना तैयार नहीं। माँ के ममत्व के लिए इस समय शायद उतनी प्यास भी नहीं। क्या यह कई दिन से बरसती आ रही वत्सलता की तृप्ति है या लदती चली आ रही उदासी की आहट।

मैं एक और कुरसी लेकर बाहर पहुँच जाता हूँ। माँ का चेहरा टटोलने की कोशिश करता हूँ। कितनी धुआँस बाकी है।

चेहरा खाली है। आँखें चौंध से बचने के लिए हथेली की आड़ से ढकी हुई।

अब चावल दूर हैं। परात दूर है। बीनना भूला हुआ है। बीनने की आड़ गायब है। माँ मेरे सामने है।

कुरसी रखते-रखते ही मैं अपनी रणनीति तय कर लेता हूँ। वार्तालाप का छोर अपने हाथ में उचक लेता हूँ—"पापा कितना कम समय घर रहते हैं।"

"वकालत में तो यही कुछ है।" पहले तो माँ संक्षिप्त-सा उत्तर देती है, फिर जोड़ देती है, "तुम्हें एल-एल. बी. करना था। आगे सँभालना था। उनकी तो यही स्कीम थी।"

"सब सोचा हुआ तो नहीं होता।"

"वह तो मैं देख ही रही हूँ। वैसे तुम मानो या न मानो अपनी जमीन से टूटकर इन्सान की कोई गति नहीं होती। कितना आसान है अपने देश में रहते रहना। जहाँ पैदा हुए उसी हवा में साँस ले रहे हैं। अपनी साँस का आना-जाना तक पता नहीं लगता। कोई दबाव-तनाव नहीं। ऐसा अलग से, नया कुछ सीखना नहीं।"

"इसका मतलब है हर कोई अपनी सरहदों में ही धसका बैठा रहे। न कहीं जाए, न आए।"

"मैं यह कब कहती हूँ। जरूर जाए, पर वहाँ का होकर न बैठ जाए।"

जानता हूँ यह मेरे आचरण पर आरोप की अभिव्यक्ति है, जिसे खारिज कर पाने के औजारों से मैं खाली हूँ। कुछ आड़ें हैं जो अपनी चुनी हुई हैं। कुछ जमीन की

नियति से मुझपर लद गयी हैं।

नन्हा-सा एक प्रसंग मन में सरकता चला आ रहा है। किसी एक जन्मदिन पर माँ ने सरस्वती की छाप वाले एक पिक्चर पोस्टकार्ड पर एक छोटा-सा सन्देश भेजा था, "तुम्हारे नाना कहा करते थे, अपनी भूमि से अलग किसी की नियति नहीं होती। तुम भी नियति से लड़ना, डूबना नहीं। मेरी और पापा की आशीष।"

बिजली की कौंध की तरह उन वाक्यों का अर्थ अभी···इसी घड़ी समझ में आया है। यह सब बातें माँ के मन में चलती रहती होंगी। तभी तो न···

खोने की सरहद पर जाता-जाता लौट आता हूँ। माँ के क्षोभ से घबराता हूँ। अपने को कोसने में पड़ जाता हूँ। क्यों बार-बार उन्हीं चौखटों पर सिर पटकने की मजबूरी। मुझे याद क्यों नहीं रहता कि मैं अपने घर में हूँ। अपने···अपने घर।

इसका मतलब है वहाँ घर नहीं। नहीं था। मेरे और मार्था के होने के बावजूद नहीं।

'कोई जाए पर वहाँ का न होकर बैठ जाए।' के पीछे साफ-साफ, सदा-सदा चीखता हुआ मार्था का प्रसंग है। पत्नी आ जाती है तो सरहद बँध जाती है। मन में···और बाहर। घर नाम की स्थावरता की नींव पड़ जाती है।

उनके विचार से तो पत्नी आयी हुई है। घर बन चुका है। स्थावरता सध चुकी है। वे क्यों इस प्रसंग से हटकर बात करें।

ऐसे में, अपनी इच्छा की तख्ती टाँगकर मैं माँ को बहलाने की कोशिश करता हूँ, "तुम जो सदा हर बात को देश-विदेश के सन्दर्भ से जोड़कर देखती हो, यह भूल ही जाती हो कि मैं मार्था से शादी करना चाहता था।"

"पर तुम श्यामली से भी तो शादी करना चाहते थे न ?"

माँ ने चट से तमाचा जड़ दिया है, "कभी सोचा है तुमने, श्यामली से तेरी शादी हुई होती तो तू यहीं बना रहता। मार्था से हुई तो नियति बदल गयी। देश-काल बदल गया। कितनी छोटी-सी बात से काँटा बदल जाता है।"

"तुम इसे छोटी-सी बात कह रही हो ?" मैं खिसियाया हुआ उत्तर देता हूँ।

"न सही छोटी, पर घटना तो वही है न ! असर देखो कैसा···कितनी कि ऽऽ तनी दूऽऽर···।"

मैं माँ का चेहरा देखकर सहम जाता हूँ।

इन बैठकों में कुछ ऐसा है कि कटघरे में खड़ा कर दिया जाता है।

दुलारते-पुचकारते चपत लगा दी जाती है। अपने-आप को सहलाने तक का साहस नहीं होता। वह चेष्टा भी आँगन में खड़े होकर अपने नंगेपन को कपड़े पहनाने की खिसियाहट जैसी लगती है।

अच्छा हुआ खाने की पुकार हुई।

अब की सोचकर बैठा हूँ कि करूँगा तो माँ से एक ही बात करूँगा। फोटो वाली। वह प्रसंग पिछड़ता ही जा रहा है। उस दिन की रसमयता का भीगा-भीगा वातावरण अनचाहे बिथरता जा रहा है। कितनी स्नेहमयी लग रही थी उस दिन माँ। फुहार की तरह मन प्राण पर बरस रही थी।

पर माँ ने मौका ही नहीं दिया। बिना भूमिका के अधबीच पकड़ लिया। वह भी खबरदार मुद्रा में।

''मुझे तुम्हारी टेढ़ी-मेढ़ी बातों से बहुत डर लगता है।'' माँ छूटते कहती है। ''यह हर समय सोचने की आदत अच्छी नहीं। वह भी जब कोई परदेस में रहता हो।''

पापा इतना निकट बैठे हैं कि मैं दबी जुबान उत्तर देता हूँ, ''परदेस में होने से क्या। सोचने वाला सिर तो हर कहीं अपने कन्धों पर ही रहेगा।''

मैं पापा के सामने किसी बात में नहीं उलझता। शिष्टता नम्रता की चिकनाई पर इन दो हफ्तों की गाड़ी जैसे भी खिंचे, खींच लेना चाहता हूँ।

पापा ने क्यों कभी यह गिला तक नहीं किया कि मेरे न होने से उनकी वकालत की विरासत डूब जाएगी। कहते तो किसी कोने में सेंक लगता। पापा में कुछ ऐसा है कि जो बन आती है, उसे मान लेते हैं। फिर भिड़ते हैं अपनी पूरी ताकत के साथ। यह बात भी मुझे इस समय दिखाई दी है। घर में भी 'काम से काम' उनका स्थायी रवैया है। हो सकता है माँ की नौकरी के चलते इन चुप्पियों की टेव पड़ गयी हो। लगता नहीं कि वसीम के घर जैसे जमावड़े यहाँ हो सकते होंगे। व्यस्तता चाट जाती होगी निकटता।

''मान लिया तेरा सिर तेरे कन्धों पर ही रहेगा, पर इस दूरी को कम करो···नहीं तो मैं आती हूँ तेरे पास। देखती हूँ क्या गड़बड़ है। तुमने तो यह तक नहीं कहा कि टिकट भेज देता हूँ। खैर, मेरा प्रॉविडेण्ट फण्ड रिलीज हो गया है।''

मैं अवर्ण हो जाता हूँ। विनयी होने की चेष्टा में बच्चा बन जाता हूँ, ''तुम तो ऐसे डाँट लगा रही हो जैसे बचपन में लगाया करती थी। मैं कोई भूल तो नहीं

गया।''

''तुम क्या समझते हो, अब डाँट नहीं सकती ? तुम कितने भी बड़े हो जाओ, मेरी और तुम्हारी उम्र का फासला तो उतना ही रहेगा। समझ लो, वह कान्स्टेण्ट फैक्टर है सो रास्ता हमेशा खुला है। समझे ?'' कान की लौ को माँ ने नरमाई से खींचा है।

मेरा साहस बढ़ जाता है। मैं उसका पल्लू पकड़कर आँगन में घसीट लाता हूँ। यहाँ आ जाने से पापा से अपने आप दूरी हो गयी है।

''तुम सोने जा रही थी न। अब तुम मेरे जाने के बाद सोना। पहले बताओ तुमने हटायी क्यों मेरी फोटो ? रखी कहाँ ? अभी तक तुमने इस छोटी-सी बात का उत्तर नहीं दिया। भैया के कमरे में जाकर देखा है कभी···।''

''देखा है, देखा है। अपनी-अपनी मरजी है। इसमें किसी दूसरे का दखल नहीं। तेरा भी नहीं।''

''यानी कि मेरी फोटो और मेरा भी नहीं।''

''नहीं।'' दो क्षण बाद वह फिर बोली, ''नहीं।''

''अबकी नहीं बताया तो मैं तुमसे नहीं बोलूँगा। न पूछूँगा। चला जाऊँगा, बाद में रोती रहना।''

''रो लूँगी, तुझे क्या ?'' कहकर वह बेध्यान-सी उठकर चलने को तत्पर होती है।

''कहाँ जा रही हो ?'' मैं एकाएक भयभीत हो जाता हूँ।

''कहीं नहीं।'' कहकर वह वहीं आँगन में टहलने लगती है। मैं भी दुबका-दुबका उसके पीछे चलने लगता हूँ। एक निरर्थक-सी क्रिया। माँ का न पीछे देखना, न बोलना।

अस्त्र हारते देखे तो मैंने ब्रह्मास्त्र फेंका। ''तुम यही चाहती हो न, मैं लौट आऊँ।···मार्था को वहीं छोड़कर।''

माँ जहाँ खड़ी थी, वहीं पत्थर हो गयी। तड़पककर बोली, ''मैं चाहती हूँ ऐसा ?···मैं चाहूँगी ?···मैं ?'' वह अपनी छाती पर जोर से हाथ मारकर अपनी 'मैं' को दिखाने लगती है। विस्फारित-सी।

''तो फिर बोलती क्यों नहीं ?'' मैं रुआँसा हो जाता हूँ।

''बस्स, इतना ?'' माँ का चेहरा एकदम गडमड हो जाता है। थरथराता हुआ, ''बोलने लगूँगी अभी···जरा-सी देर में···अगर बोलना ही प्रमुख है तो। बोलूँगी नहीं तो जाऊँगी कहाँ।···पर···पर इस एक बात के लिए तू मुझे इतना दुख देगा ···इतना।''

माँ की आवाज हाँफने लगी है। गले की नसें फूल आयी हैं।

"अब सुनेगा तू···सुनना चाहेगा तू ? काँच हो गयी थी···निरा काँच ···तेरी फोटो···देखते-देखते। सिर्फ एक चौखटा···लोहे का। ···तेरे बिना। हाथ बढ़ाती थी तो सख्ती रोक देती थी वहीं, निगोड़ी। और जानते हो ठण्डक···यहाँ से चलती यहाँ तक।" माँ ने पोरो से शुरू करके कोहनी तक पहुँचता इशारा किया था।···"अब, जब मन ही जगाना है तो इन मायावी चीजों का क्या काम ?···बोलो, क्या काम ?"

फिर वही रोयाँ-रोयाँ हँसने में आँसुओं की बाढ़। अधपके खुले बाल। सीना ऊपर-नीचे उठता हुआ। चेहरा उम्र के कोड़ों से पिटा हुआ, डरावना। वह पागलों की तरह बदहवास हँस रही थी।

"नहीं, नहीं, हँसो मत।···हँसो मत माँ। मैं कहता हूँ इस तरह हँसो मत। इसमें हँसने की क्या बात है !"

"तो फिर कैसे हँसूँ ?" वह रुक जाती है। फिर एकाएक रो पड़ती है। मेरे कन्धे से लगकर।

क्षण ठिठक जाता है जैसे माँ के सिर पर मेरा हाथ।

एक लम्बी थरथराती सिसकी। माँ अगले ही पल अपने को मेरी हथेली के दबाव के नीचे से मुक्त कर लेती है।

व्योम खाली हो जाता है। एकाएक। सूना, डरावना।

काँच था तो क्या। काँच के पीछे भी तो कुछ था। कोई था वह तो काँच नहीं। मैं···मैं ···मैं तो काँच नहीं।

मैं अनुनय कर रहा हूँ पर जान भी रहा हूँ कि मेरी चिल्लाहट गूँगी है। पथरायी हुई। अपने ही गले की रगों में घुमड़ रही है। आवाज नहीं बन रही।

मुझे लाँघकर माँ घर और आँगन के बीच की दहलीज से टिककर खड़ी हो गयी है। परे, बेगानी। जाने क्यों लगा कि अभी···मेरे देखते-देखते माँ मन की किसी कन्दरा में लौट जाएगी, वहीं की होकर रहेगी। न मुझे देखेगी···न टेरेगी। न राह देखेगी।

दहलीज से हटती है तो नीचे बिखरे चावल के दानों को बटोरती है और क्यारी के कोने पर रख आती है। चावल कनस्तर में पलटती है। हथेली से परात पोंछती है फिर पाटला उठाकर दीवार के सहारे यथास्थान रखने को चल पड़ती है।

उसके हर कुछ करने में एक डरावना-सा समापन का भाव है। खेमे उखड़ रहे हैं। पता नहीं कहाँ के ? बीच में कौन है ?

मेरे भीतर एक अजीब-सी घबराहट संचित होने लगती है।

इतना सब करके माँ कनस्तर उठाती है और जाने लगती है।

गले की गुगुआती घुटन में से पता नहीं कैसे एक तेज थरथराती हुई चीख 'न ऽऽ हीं। ···माँ नहीं। जाओ नहीं।"

माँ को क्या पता आवृत्ति हो रही है। दहशत लौट रही है बेतहाशा। पेट में वही—खाऊ-सी खोह। पसरती हुई। पसलियों को मुचकाती हुई। कड़ियल। बुभुक्षित। जिसके जबड़ों में अपनी देह पसारकर मार्था ने मेरी रक्षा की थी। ठण्डे, घुप्प अन्धकार में···एक क्षण··· एक तारे की तरह···जागी थी वह—मार्था नहीं, एक उपस्थिति।

···किसी कोख जैसे तरल सुरक्षित अँधेरे में छिप बैठने को आकुल-व्याकुल हो चुकी हों इन्द्रियाँ तो कौन उत्तर देगा ?···कौन ? कौन दे सकेगा···कोई माँ ? ···बहन ?···प्रेयसी ?···सखी ? कौन ?···व्याकुलता की नोक को नहीं पता—कोई नाम रूप। कोई रिश्ता। उसे तो चाहिए एक उपस्थिति। उपस्थिति का ऐश्वर्य। वही वर्चस्व।

अच्छा हुआ माँ ने पीछे मुड़कर देख लिया है। उसकी आँखें और गाल पूरी तरह गीले हैं।

"लाओ न, मुझे दे दो। इतना भारी कनस्तर तुम क्यों उठा रही हो ? कह नहीं सकती थी मुझे ?"

"मुझे तो याद ही नहीं रहता तुम यहाँ हो।" वह भीतर तक भीगी हुई है।

हम दहलीज लाँघ आते हैं। उन सबका सामना करने को तैयार होते हैं। मैं माँ को ढाढ़स देता हूँ।

"जाने दो पुरानी। मैं जाते ही तुम्हें एक लाजवाब फोटो भेजूँगा। उसपर काँच लगवाना ही नहीं पड़ेगा। छू लोगी, जब चाहोगी। तुम्हें अच्छा लगेगा।"

"म्ममुझे ? मुझे भेजेगा ?" माँ ठिठक जाती है। "बता नहीं चुकी मैं ? मुझे करनी क्या है तुम्हारी फोटो ?"

बीच में केवल आज और कल का दिन। आने वाले कल की प्रभात से पहले जाना है। सुबह के 3 बजे।

वसीम के साथ आया था तो सोचा नहीं था, ऐसा भी सोचूँगा। एक दरार को अपने भीतर जन्म दे लूँगा। रुकने की सोचने लगूँगा।

सब हैं कि मुझसे ज्यादा तत्पर तैयारी में हैं। माँ मेरे साथ जानेवाली पोटलियाँ डिब्बे बाँध रही है। पापा आसपास टिके हैं। कहीं गये नहीं, कुछ कहा भी नहीं। भैया मग्न हैं। भाभी सेवा में लथपथ, मिण्टू खुशामद में। केवल कमली है जो टुकुर-टुकुर देख रही है।

वहाँ टिकने और यहाँ आने के कारणों के बारे में पूछा जाता तो किन्हीं चीजों को स्पष्ट करने का अपने पर भार पड़ता। अब तक क्यों टिका रहा ? इस तरह असफल होकर लौटने की लज्जा ? मार्था से फँसाव ? एक जूठी गलीज अनुभूति ? हर अगला दिन बेहतर हो जाने की आशा ? या डॉलर्स ?

अब इन बातों में से कुछ भी महत्त्व की नहीं। सिर्फ इतनी कि जाने की इच्छा प्रेरणा ही नहीं। कसे हुए घोड़े की काठी खुल चुकी है। अस्तबल में बैठा अब वह राहत की साँस पा जाने को व्याकुल है। ढूँढ़ रहा है—स्निग्धता, उष्णता, आराम, जो सदियों से नहीं मिला।

वसीम का फोन आ चुका है। "लुफ्तान्सा की फ्लाइट सुबह 3 बजे जाएगी। इसका मतलब है रात साढ़े ग्यारह बजे इण्टरनेशनल एयरपोर्ट। इसका मतलब है 10 बजे मुझे दिल्ली होना चाहिए पर मैं 9 बजे ही पहुँच जाऊँगा। बहुत-सी बिन सोची बातें हो सकती हैं रास्ते में। एयरपोर्ट के चेकिंग काउण्टर पर मैं तुम्हारा इन्तजार करूँगा।"

वसीम खूब खुश लग रहा था। चहकता हुआ। बादल जो छाये थे, बिना धमकाये निकल गये। कहता है, अब आकाश साफ है। खुली-खुली धूप का गवाह है। "और हाँ, एक सरप्राइज। तुम नुसरत को भी देख लोगे। सुनो, वह रोने-धोने लगे तो तुम मुँह घुमा लेना। यह नहीं कि साहबजादे मजा ले रहे हैं। बड़ी जल्दी रोती है। ऐसा मक्खन जैसा नरम दिल है। आसमानी गरारे कुरते में होगी। पहचान लेना।"

तो यह भी आपस में तय है—परिधान तक।

गयी रात एक पल, एक छिन नींद नहीं आयी। वैसे भी बिस्तर में जल्दी झोंक दिया गया। दलील यह कि एक रात पहले अच्छी तरह सो लूँ। कल सफर की थकान हो जाएगी। जाते ही जी-तोड़ काम। वह क्या समझता है उनको अमरीका की चाल-ढाल के बारे में नहीं मालूम।

ठिलता जाता हूँ। बिखरे पारे की बुन्दकी की तरह बार-बार अपने इच्छित इरादे की चकमक को छूने जाता हूँ, पर बुन्दकी आगे लुढ़क जाती है। टूट जाती है। चुटकी तक उसे छूने नहीं पाती।

सोने से पहले खूब गरिष्ठ जैसा खाना। बहुत से व्यंजन। खूब हिदायतें। चिन्ताएँ। चिट्ठियों के तकाजे। मार्था की पसन्द को बीच में रखकर झिझकते हुए

उपहार। खूब सारा व्यक्त प्यार। माँ की चुप्पी। परसों यह सारे दृश्य बदल जाएँगे।

कोरी आँख। नींद जो नहीं आयी। मैं बरामदे में पड़े तख्त पर सोता हूँ। सामने छत पर खुलता जँगले का दरवाजा। एक ऊँची खिड़की।

रात चौकीदार की ठकठक। पुलिस की गश्त। सीटियाँ। कुत्ते। कच्ची सुबह के अधमैले प्रकाश में काले गुम्बदों की तरह खुलने लगती इमारतें। पक्षी। मन्दिर के घण्टे। मौलवी की अजान। दूध के खटकते डोल। सदर दरवाजों के खुलने की चीं-चड़ाम। सब मैंने सुनी। बार-बार सुनी।

रात नहीं बीती पर सुबह तो हो ही गयी।

सुबह हुई तो घबराहट घनी हुई लगी। अब कुछ नहीं। कोई मौका भी नहीं। अब जाना ही होगा—मार्था के देश। सब तत्परता में हैं। मुझे उष्णता से ऊबाने का उत्सव चल रहा है।

नाश्ते तक भी एक अवरुद्ध आशा साथ टँगी रही। कहने सुनने की इबारत भी मन में बनती-बिगड़ती रही।

फिर थक गया मैं। भीतर रखते-रखते बात। खुद भी लगा रहने का कोई विश्वसनीय तर्क भी तो होना चाहिए। जाने ही जाने के हक में सभी दलीलें हैं। सब दलीलों से ऊपर—मेरा ग्रीन कार्ड। दुर्लभ···। हर किसी के लिए प्रलोभक। अब मेरी नियति का एक अकेला नियामक।

जाना है अब।

'मैं' को नहीं, मुझे—बेटे को। भाई को। देवर को। चाचा को। कुँवर साब को। सबको पिघलकर बन जाना होगा—एक। केवल एक। एक कोई कुत्ता। मार्था के द्वार पर लपलप करता हुआ। नीची छत और अण्डों की पुरानी बास के बीच घुटता हुआ। पर्दों के पीछे सीत्कारती चोरी की साँसों को सुनता हुआ। मार्था वाग्दत्ता नहीं मेरी, तो किसी की भी हो सकती है। उसे बार-बार, बार-बार अपनी कोख को खाली कर देने का अधिकार है। परम अधिकार।

वे सब कितने चुप हैं ? इतने चुप ? कोई क्यों नहीं पूछता कि तुम्हें क्या करने जाना है। वैभव की चौखटों के बीच बँधकर देखा, मन नहीं देखा।

माँ ने भी जान लिया जगाना मन। हटा दिया अक्स। चित्र सामने था तो मैं भी यहीं कहीं था। दिखता तो था। किसी और का 'भौंदू' ही सही, पर माँ का तो कुछ था।

लो, बज गये हैं दस। अब जाता हूँ।

लो, जाता हूँ: चिण्टू। जाऊँगा नहीं तो झोआ भर चीजें कैसे आ पाएँगी। लो, जाता हूँ भैया। तुम्हारे हाथ में पोटली। सपनों के बीज। जाऊँगा नहीं तो धरती (?) कैसे मिल पाएगी। लो, जाता हूँ भाभी। पूरियों की सुवास तुम रखो सहेजकर। मैं हैमबर्गर खाऊँगा। लो, जाता हूँ माँ। तुमने जगाना सीख लिया है मन। लो, जाता हूँ श्यामली। क्यारियाँ खुद चुकीं। लो, जाता हूँ पापा। तुमने कह दिया था, एक ही बार। सारा इकट्ठा। लो, जाता हूँ देश। तुम्हें मैं कभी देख-सुन-छू नहीं सका। मुट्ठी में पा जाने को ललकता रहा। मुट्ठी एक मिली मार्था। लो, जाता हूँ मैं। गया नहीं तो सारे झूठ निथर आएँगे। झूठा कहलाऊँगा।

लो, चलता हूँ वसीम। वापसी का टिकट जो तुम्हारे पास है।

लो, आता हूँ—मार्था। तुम्हारे देश। पता नहीं क्यों ?

□□